우주에서
가장 예쁜 꿈을 너에게
선물할게

**우주에서 가장 예쁜 꿈을
너에게 선물할게**

초판 1쇄 인쇄일 2021년 11월 09일
초판 1쇄 발행일 2021년 11월 15일

지은이 | Taeri.B
펴낸이 | 양옥매
디자인 | 김영주
교　정 | 조준경

펴낸곳 도서출판 책과나무
출판등록 제2012-000376
주소 서울특별시 마포구 방울내로 79 이노빌딩 302호
대표전화 02.372.1537 **팩스** 02.372.1538
이메일 booknamu2007@naver.com
홈페이지 www.booknamu.com
ISBN 979-11-6752-063-0(03810)

우주에서
가장 예쁜 꿈을 너에게
선물할게

글·그림 Taeri.B

책과나무

CONTENTS

1.
 꿈을 관리하는 행성

2.
 미래를 알고 있는 존재

3.
 어쩌면, 반드시
일어나야만 했던 일

4.
 못된 아이의 입에서
예쁜 말이 태어났어

1. 꿈을 관리하는 행성

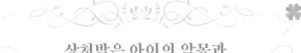

상처받은 아이의 악몽과
트라우마 그리고 초대장

온갖 못된 짓을 다 하고 다니는 말썽꾸러기 아이가 있었어요. 아이는 자신이 하는 못된 장난들이 뭐가 문제인지도 모를 만큼 어렸기에 마냥 즐거웠답니다. 아이는 지나가다 우연히 만난 귀여운 멍멍이에게도 못된 장난을 하다가 결국 몹시 화가 난 멍멍이에게 '앙!' 물릴 뻔했어요. 그날 이후 아이는 트라우마가 생겨 멍멍이를 몹시 무서워하게 되었습니다.

멍멍이가 "앙" 하고 물 뻔했던 사건은 아이가 있는지도 몰랐던 다른 세계를 멸망시킬 만큼 엄청나게 큰 사건이었어요. 그러니 우리는 사소한 말 한마디와 행동 하나하나에도 사랑과 진심을 담아 예쁘게 해야만 해요. 작은 말 한마디와 사소한 행동, 생각들이 씨앗이 되어 커다란 열매가 열리게 되니까요.

못된 생각의 씨앗은 당장은 눈에 보이지 않지만, 결국 나쁜 일들을 불러들이게 될 거예요. 말과 행동의 씨앗도 마찬가지로 우리가 사는 세계에 심어져서 안 좋은 사건들을 일으킨답니다.

그럼 아이의 못된 짓은 어떤 결과를 불러왔을까요? 아이는 멍멍이에게 '앙!' 하고 물린 뻔했던 그날 밤, 무시무시한 악몽을 꾸게 되었어요. 그리고 그 악몽으로 인해 지구별과 인간들이 알지 못하는 다른 세계까지 멸망할 위기에 처했답니다.

소녀는 20살이 되어서도 여전히 멍멍이 트라우마를 극복하지 못했고, 매일 밤 악몽에 시달렸어요. 성장 과정 중에 다양한 종류의 상처를 겪으며, 결핍과 트라우마들이 하나둘씩 늘어 갈 때마다 악몽 속의 멍멍이는 점점 더 무서운 괴물로 변해서 공격했어요.

그러던 어느 날, 다른 세계에서 보낸 초대장이 도착했습니다. 초대장에는 몹시 요상한 말들만 가득 적혀 있었어요.

초대장

이곳은 인간의 꿈을 관리하는 똥깨구리 왕국입니다. 똥깨구리 왕국에 오시려면 레시피대로 음식을 만들어서 '냠냠' 먹어야 합니다. 먼저 어린아이의 해맑은 미소 한 그릇에 기쁨과 감격의 눈물 1리터를 육수로 넣고, 한여름의 시원한 나무 그늘 한 조각, 파란 하늘 한 스푼, 싱그러운 아침 공기 다섯 모금, 사랑에 빠진 이의 눈에서 떨어지는 꿀 한 컵을 넣어서 따뜻한 햇살에 10분간 가열하면 음식이 완성돼요. 음식을 완성했으면, 똥깨구리 왕국으로 가기 위한 입장권이 필요해요. 개구리 소리를 봉투에 담아 아기 고양이 발자국 도장을 꾹 찍어서 닫아 두시면 입장권이 완성된답니다. 위의 모든 재료들은 하트로 만들어진 영원히 상하지 않는 네잎 클로버를 찾아 목걸이로 만들어 착용하면 쉽게 구할 수 있답니다.

이제 멀리 여행을 떠나야 하니 짐을 싸야겠지요? 많은 친구를 만나야 하니 최대한 예쁘게 꾸며 주세요. 새로운 친구들에게 예쁘게 보이면 참 좋잖아요. 예쁘게 꾸미고 짐도 모두 챙기셨다면, 레시피대로 만들어 둔 따뜻한 음식을 차가운 달빛에 5분간 식혀 주세요. 음식이 다 식으면, 맛있게 드시면 돼요. 다 먹으면, 갑자기 봉투가 어딘가로 날아가 버릴 거예요. 열심히 봉투를 쫓아 가다 보면 자신도 모르는 사이에 똥깨구리 왕국에 이미 도착해 있을 겁니다.

초대장에 쓰여 있는 대로 예쁘게 차려입고 레시피대로 만든 음식을 먹자, 봉투가 어디론가 날아가기 시작했어요. 봉투를 따라가다 보니 어느 순간 똥깨구리 왕국에 도착해 있었고, 귀여운 아이를 안고 있는 삐딱하게 생긴 여자애가 반갑게 인사했어요.

"모떼, 안녕? 나는 똥깨구리 왕국의 공주 삐딱이고, 이쪽은 내 동생 까칠이와 말꾸야!"

"모떼? 내 이름이 모떼라고요?"

"응, 너의 이름은 모떼야! 네가 처음 이곳에 왔을 때 다들 너를 보고 '못돼! 못돼! 이렇게 못될 수가!'라고 해서 '못돼구리'라고 불렀더니 네가 그냥 '모떼'라고 불러 달라 했어."

"처음 이곳에 왔을 때라뇨? 난 지금이 처음인데요."

"너는 우리를 완전히 까먹었을지 몰라도 이곳의 모든 똥깨구리들은 너를 아주 잘 알고 있어. 그땐 완전 쪼꼬미였는데 지금은 어른 같네."

"이곳에 왔었는데 왜 하나도 기억나지 않죠?"

"그때 넌 아주 작고 못된 아이였거든. 그래서 문제도 해결하지 못했고, 아무런 기억도 못 하겠지만 지내다 보면 조금씩 뭔가 떠오를지도 모르니 기다려 봐."

"무슨 말인지 이해가 안 가요. 초대장은 누가 보낸 거죠? 왜 제가 선택받은 건가요? 제가 얼마나 특별한 존재인지 설명해 주세요."

삐딱이는 차분하게 설명을 시작했어요.

"네가 살던 지구별이 거대한 우주에서 보면 몹시 작고 조금도 특별하지 않은 행성이듯 너 역시도 특별하거나 선택받은 존재라서 이곳에 초대받은 게 아니야! 그렇다고 실망하거나 뭔가 특별한 존재가 되려고 노력할 필요는 없어. 온전히 너의 삶을 살고 싶다면, 특별해지려 애쓰지 않아야만 가능하니까! 널 이곳에 초대한 건 얼마 전에 네가 왔을 때 이곳의 문제를 전혀 해결하고 가지 못했기 때문에 초대장을 보내 다시 부르게 된 거야."

"문제를 해결하라고 부른 거면 초대가 아니잖아요! 그런 거 말고 다른 이유 없어요?"

"뭔가 특별한 이유가 더 필요하니?"

"제가 어렸을 때 어느 날 갑자기 엄마가 사라져 버렸어요. 저는 제가 못된 짓을 너무 많이 하는 나쁜 아이라서 엄마가 날 버리고 도망간 거라 생각하고, 착한 아이가 되려고 노력했죠. 착한 아이가 되면 엄마가 다시 돌아올 줄 알았거든요. 하지만 아빠도 어느 날 갑자기 사려져 버리셨어요. 뭔가 특별한 느낌을 주는 네 잎 클로버만 남기신 채…."

모떼는 하던 말을 잠시 멈추고, 슬픈 표정으로 허공을 바라보다 다시 말을 이어 갔습니다.

"할머니가 나를 키워 주셨지만, 부모님께 버림받았다는 상처 때문인지 저는 많이 삐뚤어졌어요. 다시 못된 아이가 된 거죠. 얼마 전 대학교에 입학하자마자 할머니가 돌아가셨고, 남자 친구도 저를 떠났어요. 전 단지 사랑받고 싶었을 뿐이었는데….

모두에게 버림받았다는 생각에 나는 아무것도 아닌 존재처럼 느껴지고, 너무 우울해서 울고 있었는데 갑자기 이상한 초대장이 보였어요. 초대장에는 영원히 상하지 않는 네잎 클로버가 있어야 한다고 쓰여 있었고, 그건 아빠가 사라지기 전에 나에게 남기고 간 거란 걸 알 수 있었죠. 그 외에 다른 재료들은 온통 말도 안 되는 이상한 것들만 가득했어요. 하지만 이곳에 오면 사라진 엄마와 아빠를 만날 수 있을지도 모른다는 생각에, 아버지가 남긴 클로버로 목걸이를 만들었더니 클로버가 다양한 색상의 보석처럼 반짝반짝 빛이 났어요. 블링블링 클로버 목걸이를 목에 걸었더니 놀랍게도 레시피의 재료들을 모두 구할 수 있었고요. 그리고 레시피대로 완벽하게 한 게 아니었음에도 난 정말로 이곳에 와 버렸어요. 혹시 엄마와 아빠가 이곳에 계신 건가요? 초대장을 보낸 게 우리 부모님 맞죠?"

"엄마, 아빠가 많이 보고 싶었구나."

"아뇨. 왜 말도 없이 어린 저를 버리고 떠난 건지 꼭 묻고 싶어서요."

까칠이와 말꾸는 모떼의 부모님이 어디 계시는지 아는 듯한 표정을 지으며 무언가 말하려 했지만, 삐딱이는 그들이 말하지 못하게 막아서며 말했어요.

　"네잎 클로버는 이곳의 국장이고, 똥깨구리교의 상징이기도 하지만 지구별에서 흔한 식물을 이곳과 연결 짓는 건 너무 억지스럽네. 암튼 미안하지만 너의 부모님은 이곳에 계시지 않아."

　모떼는 삐딱이가 무언가를 숨기고 있는 것 같은 느낌에 다시 물어보았어요.

　"정말 이곳에 없는 게 확실해요?"

　말꾸가 말하고 싶어 견디지 못하겠다는 듯 "너의 부모님은…"이라며 말을 시작했지만, 삐딱이는 인상을 찌푸리며 말꾸의 귀에다 "아무 말도 하지 말고, 조용히 있으랬지?"라고 속삭였어요. 삐딱이가 노려보고 있으니 말꾸와 까칠이는 아무 말도 하지 못했고, 삐딱이가 모떼에게 말했습니다.

"너의 부모님과 관련된 뭔가를 알게 되면 꼭 말해 줄게. 하지만 기대하지도, 기다리지도 마."

모떼는 뭔가 찝찝했지만, 더 이상 부모님에 관해 묻지 않는 게 좋겠다고 생각했습니다. 잠깐의 어색한 침묵을 깨고 삐딱공주에게 꼬옥 안겨 있던 똥깨구리가 모떼에게 인사했어요.

"안녕! 모떼, 난 도리구리야."

모떼가 도리구리의 얼굴을 쓰다듬으며 말했어요.

"너는 귀여운 아가 똥깨구리구나!"

도리구리가 고개를 도리도리 저으며 버럭 성을 냈어요.

"아니야! 나는 아가가 아니야! 난 420살의 도리구리야!"

"정말 420살이에요? 똥깨구리들은 죽지 않고 영원히 살 수 있나 봐요."

도리구리가 다시 고개를 도리도리 저으며 대답했어요.

"아니야! 똥깨구리들은 우주에 존재하는 다른 모든 생명체들과 마찬가지로 태어나는 순간부터 노화라는 큰 질병을 가지고 태어나서 시한부를 선고받고, 몹시 짧은 시간 동안만 이 세계에 존재할 수 있어! 누구도 계속 젊고 건강하게 존재할 수 없고, 분명 아프게 될 거야. 노화라는 질병은 시간이 갈수록 우리의 몸 구석구석을 망가뜨려 가며 고장 내 버리니까. 어디가 고장 날 때마다 우리는 아프게 될 거야. 그렇게 조금씩 죽어 가는 거지.

나는 요즘 건강이 몹시 나빠져서 계속 병원에 있다가 지구별 외계인이 온다고 해서 잠깐 구경하러 나와 본 거야."

도리구리는 말이 참 많았어요. 이야기가 길어지자 모떼는 그만 듣고 싶어서 말했어요.

"왜 그렇게 쓸데없는 말을 계속하는 거죠?"

"그건 어쩔 수 없어. 나이가 많아지면, 뇌세포의 노화로 뇌 기능이 뚝 떨어져서 고집은 더럽게 세지고, 남의 말은 절대 안 듣게 되는 데다 조언이 필요하지 않은 자들에게 조언을 아끼지 않게 돼."

"400년 넘게 살아오셨으니 경험도 풍부하고 아는 것도 많을 것 같아요. 그래서 자신이 아는 걸 말하고 싶은 마음은 알겠지만, 누구나 다 생각하는 뻔한 이야기를 꼰대처럼 가르치듯 말하면 듣는 상대방이 듣기 싫을 수도 있다는 걸 아셨으면 좋겠어요."

"난 꼰대가 아니야! 난 다른 똥깨구리들에 비하면 말이 많은 것도 아니고. 다른 똥깨구리들을 만나 보면, 내가 얼마나 과묵한 똥깨구리였는지 깨닫게 될 거야. 그들은 자기계발서에 자주 나올 법한 식상하고 뻔한 말들이나 자신이 믿는 것들을 네가 듣든 말든 끊임없이 말하며 가르치려 들지도 몰라. 자기들에게 좋은 게 너에게도 좋을 거라 착각하며 이것저것 강요할지도 모르고. 그러니까 마음의 준비를 단단히 하도록 해."

"꼰대의 가장 큰 문제는 자신이 꼰대인 걸 절대 모른다는 거래요. 지금 도리구리 님이 딱 그래요!"

모떼가 더 이상 지루해서 듣기 싫다는 표현을 분명히 했음에도 불구하고, 도리구리는 말을 멈추지 않고 계속했어요. 모떼가 시선을 피하면, 자신과 눈이 마주친 다른 똥깨구리를 쳐다보며 모떼에게 하던 말을 계속했답니다.

모두가 행복해지는
꿈을 꾸도록 해

대화를 마칠 때쯤 모떼의 배가 '꼬르륵 꼬르륵' 하며 비명을 질렀어요. 모떼 배가 몹시 소란스럽자, 삐딱이가 모떼의 쏙 들어간 배를 쳐다보며 말했습니다.

"모떼야, 여기서 요리구리의 집이 멀지 않으니 거기 가서 위장에 뭔가를 담아 보자."

요리구리의 집으로 가는 길에 주변을 둘러보니, 똥깨구리 왕국에는 하트 모양의 열매가 몹시 많았어요. 궁금해진 모떼가 말했습니다.

"똥깨구리 왕국에는 하트 모양의 열매가 왜 이리 많나요?"

"지구별에 누군가에게 간절히 원하는 꿈이 생기면, 똥깨구리 왕국에는 꿈의 씨앗이 하나 심어지고, 그 씨앗이 자라면 하트 모양의 열매가 열리게 돼. 그리고 그 꿈이 이루어지면 하트 열매는 하늘로 날아가 별이 되어 반짝반짝 빛나지. 꿈을 이룬 자들은 그때부터 자신만의 새로운 행성에서 살아가는 거란다."

모떼는 그 말을 듣고 별처럼 눈을 반짝이며 말했어요.

"그럼 하늘에 반짝이는 별들은 모두 누군가의 이루어진 꿈들인 거네요? 작은 꿈은 하늘에서 작은 별이 되어 반짝거리고, 큰 꿈은 커다란 별이 되어 밝게 빛나고 있나 봐요."

"맞아. 근데 꿈의 주인이 세상을 떠나면 빛나던 별도 생명력을 잃고, 뚝 떨어져 버려! 하지만 하나의 별이 떨어지면, 땅에 있던 하트 열매 하나가 하늘에 별이 되어 올라가서 그 빈자리를 채우기 때문에 항상 같은 자리에 변함없이 있는 걸로 보이지.

지구별에선 올라가며 빈자리를 채우는 모습과 떨어지는 모습을 구분하지 못하고, 똑같이 별똥별이 떨어진다고 말할 거야. 방향이 전혀 다른데도 말이야."

"그럼 밤하늘에 떨어지는 별을 보고 마음속으로 소원을 가장 먼저 말한 사람의 하트 열매가 먼저 그 빈자리를 채워서 빛나게 되는 건가요?"

"지구에서 별빛이 내리는 걸 보았다면, 그건 어쩌면 수십억 년 전의 과거 모습인지도 몰라. 너는 지구별에서 아주 오래전의 밤하늘밖에 볼 수 없거든. 빛의 속도 때문에 너는 결코 현재를 볼 수 없어. 만약 지구별에서 어떤 행성이 터지는 걸 목격하고 놀랐다면, 그건 이미 수백, 수천 년 전 과거에 일어난 일을 목격한 건지도 몰라. 네가 볼 수 있는 지구 밖 풍경은 오직 과거뿐이고, 지구 안에서 네가 존재할 수 있는 시간은 오직 현재뿐이지만, 네가 알지 못하는 다른 우주에서는 오직 미래만 볼 수 있는 행성도 있어. 그래서 과거와 현재, 미래는 결국 모두 따로 있는 게 아니라 동시에 같이 존재하는 거라고 볼 수 있지. 암튼 모떼의 꿈도 여기 어딘가에 있을 거야. 찾아볼래?"

"아뇨, 저는 꿈이 없어요. 딱히 하고 싶은 것도, 잘하는 것도 없고요."

"없어도 괜찮아! 하지만 굳이 꿈을 가지고 싶다면, 다른 모든 사람과 연관 지어 생각하도록 해. 우주는 너 혼자만 행복해지는 꿈보단, 많은 사람의 행복을 위한 꿈을 더 적극적으로 도와주니까. 세상 모든 사람이 행복해질 수 있는 꿈을 꾼다면 꿈을 이루는 과정이 훨씬 더 쉬울 거야!"

"아, 똥깨구리들이 관리할 꿈이 몹시 많다 보니 너무 바쁘고 귀찮아서 보다 효율성 있게 고작 한 사람보다는 아주 많은 사람이 한 번에 행복해지는 순서대로 하트 모양의 꿈 열매가 별이 되어 날아가도록 관리하나 봐요! 여기에 있는 하트 열매들이 다 인간들이 품고 있는 꿈이라니 놀라워요! 근데 하트 열매의 색이 전부 다른데 색상마다 무슨 차이가 있는 건가요?"

삐딱이가 하트 열매 하나를 따서 입으로 가져가 오독오독 씹으며 말했어요.

"색으로 열매의 맛과 영양을 구분할 수 있어. 모떼도 맛 좀 볼래? 이룰 수 없는 꿈은 빨리 따 먹어야 하거든. 제때 따서 먹어주지 않으면, 이룰 수 없는 꿈에 대한 기대와 희망을 포기하지 못하고 계속 꿈꾸는 상태에 있게 돼. 그리고 이루어져서는 안 될 나쁜 꿈들은 뿌리째 뽑아야 해. 그런 꿈들을 그냥 두었다가 꿈이 이루어지면, 누군가 상처 입고 아파하게 되니까. 어른들의 꿈은 이렇게 독자적인 하트 열매들이 따로 열리지만, 어린이들의 꿈은 커다란 꿈나무에서 주렁주렁 열매가 열려. 어린이들의 꿈이 시들지 않고, 하늘의 별이 되어 날아가도록 꿈나무를 잘 관리해 주는 게 가장 중요해."

"꿈이 많은 사람은 열매도 더 많고, 꿈이 크면 열매도 더 큰가요?"

"맞아. 그리고 모떼 네가 원한다면 너의 세계 안에서도 꿈을 직접 심을 수 있어."

"어떻게요?"

"쌍무지개를 만났을 때 무지개의 양쪽 끝부분을 모두 파 보면, 어느 한쪽에서 하트 모양으로 된 꿈의 씨앗을 발견할 수 있을 거야. 자신의 간절한 꿈을 씨앗에 담아 땅에다 심으면 돼. 그리고 꿈이 이루어졌을 때, 별이 되어 날아가는 너의 꿈을 직접 볼 수 있을 거야!"

삐딱이와 이야기하며 걷다 보니 108계단 위에 떠 있는 요리구리의 집이 보였어요. 삐딱이는 내일 아침에 다시 오겠다며 가 버렸고, 모떼가 계단을 올라 문을 두드리니 요리구리가 나와서 반겨 주었습니다. 음식 취향을 묻는 요리구리에게 모떼가 말했어요.

"난 매운 건 싫어하고, 매콤한 걸 좋아해요. 단 건 싫어하지만, 달콤한 건 사랑하고, 신 건 안 먹지만 시큼한 건 잘 먹어요. 또 짠 건 극혐이지만, 짭짤한 건 완전 좋아해요. 그리고 뜨거운 거 싫어하는데 따뜻한 건 좋아해요."

요리구리는 모떼의 취향을 고려해 정성껏 음식을 만들어 내어 주며 이렇게 말했어요.

"적당히 꼭꼭 씹어서 감사하게 먹어!"

모떼는 "잘 먹겠습니다."라고 말한 후, 뭔가 다르다는 듯 말했어요.

"내가 사는 곳에선 보통 '많이 먹어', '맛있게 먹어'라고 말하는데 여기선 적당히 꼭꼭 씹어서 감사하게 먹으라고 하네요."

"많이 먹으라거나 맛있게 먹으라는 건 여기선 나쁜 말이야."

"그게 왜 나쁜 말이죠?"

"맛있게 먹으라는 건 너의 입맛에 맞을지 어쩔지 모르는데 맛있게 먹으라고 강요하는 거 같고, 많이 먹는 건 건강에 몹시 해로운 거잖아. 그러니깐 나쁜 말이지."

"감사히 먹으라는 건요?"

"우주의 그 누구도 상처 입거나 죽임당하고 싶어 하지 않지만 우주는 서로가 서로를 잡아먹고 살아가는 구조로 설계되어 있어서 어쩔 수 없잖아. 그러니 뭘 먹든 너의 먹이가 되어 준 이들에게 진심으로 감사한 마음을 가져야만 하는 거야. 그들에게 고마워하며, 음미하듯 꼭꼭 씹어 먹어야 해. 만약 먹기 전에 먹이에게 진심으로 감사해하지 않으면, 그들이 죽임당할 때 가졌던 증오와 분노들이 온몸에 독처럼 퍼져서 어느 순간 '욱' 하고 올라오는 분노조절 장애가 발생하거나 먹어서 쌓아 둔 분노들이 결국 '암' 같은 질병으로 바뀔 수도 있어. 우리가 먹는 먹이들은 모두 작은 상처에도 고통을 느끼고 아파하는 우리와 똑같은 생명이니까. 지능이 높은 생명일수록 그 슬픔과 두려움, 분노들이 더 클 거야. 그들에게 감사하지 않고 먹으면, 그들이 죽임당할 때의 고통은 우리 몸과 정신에 그대로 퍼지게 되고 결국 먹으면 먹을수록 우리는 살찌고 병들어 가는 거지. 그들의 분노와 고통까지 함께 먹고 싶지 않다면, 오직 감사하며 먹는 것 말고는 답이 없어."

요리구리의 음식은 심심했던 모떼의 입이 몹시 재미있어지는 맛이었습니다. 하지만 지구별에서 먹어 보지 못한 낯선 음식물을 섭취해서인지 모떼는 배가 아파 왔어요.

"화장실은 어디에 있죠?"

"화장실은 창문 열고 밖으로 뛰어내리면 떨어지는 길에 보일 거야. 먹을 때만 감사할 게 아니라 쌀 때도 감사하며 즐똥 하도록 해! 화장실에는 행운의 신들이 살고 있으니까!"

"행운의 신이 왜 더럽게 화장실에 살아요?"

"이곳도 인간 세상과 마찬가지로 건물이 지어지면 여러 신이 우리보다 먼저 들어와서 모든 공간에 거주하게 되는데, 좋은 자리는 영양가 없는 잡신들이 다 차지하고 화장실만 남게 돼. 행운을 나눠 주기 위해 행운이 가득 들어 있는 행운 보따리를 무겁게 짊어지고 오다가 항상 늦게 도착하는 행운의 신은 결국 화장실밖에 갈 곳이 없거든. 네가 쌀 때마다 감사의 마음을 가지면 화장실에 있는 행운의 신은 네가 싸고 나갈 때마다 행운을 하나씩 나눠 줄 거야. 물론 감사만 한다고 복을 주는 건 아니야. 화장실을 깨끗하게 청소하고 관리해야지만, 행운을 듬뿍 제공해 줘. 그러니까 먹을 때도 감사해야 하지만, 먹고 나서 쌀 때도 감사하면서 싸고 볼일을 다 마친 후에는 깨끗하게 해 두고 나와야만 해!

화장실을 지저분하게 쓰면 화장실에 사는 행운의 신이 기분 나빠서 가지고 있는 복도 모조리 빼앗아 버리거든."

"화장실 좀 쓰겠다니까 청소시켜 먹으려고 별말을 다 지어내시는군요."

"지어낸 말이 아니야. 네가 사용하는 모든 공간을 깨끗하게 정리하면 행운이 뒤따르고, 화장실을 항상 깨끗하게 청소하면 어마어마한 행운이 들러붙을 거야! 그런 기적 같은 행운들은 언제나 네가 상상조차 못 하는 방식으로 너를 찾아가서 원하는 걸 다 이뤄 줄 거야!"

어떤 일이 발생하든 이유를
찾지 말고, 그냥 받아들여

화장실에 다녀온 모떼는 요리구리의 집에서 놀다가 잠이 들었고, 아침이 되니 똘똘구리가 모떼를 찾아왔어요.

"안녕, 모떼! 난 이제부터 너의 길잡이가 되어 줄 똘똘구리야! 삐딱이가 갑자기 바쁜 일이 생겨서 못 오고 내가 대신 왔어. 함께 괴물을 찾으러 가자."

그렇게 모떼와 똘똘구리의 여정이 시작되었고, 여러 마을을 지나가는 동안 계속해서 누군가 몰래 지켜보고 있는 것 같은 느낌이 들었어요. 어쩌면 어린 시절 자신을 버리고 떠났던 부모님이 미안해서 모떼 앞에 나타나지 못하고 몰래 숨어서 지켜보고 있는 게 아닐까 하는 생각이 들어 주위를 두리번거려 보았지만, 아무도 보이지 않았습니다.

작은 별들이 낮게 떠서 하늘 가득 채우고 있는 마을에서 모떼가 하늘을 올려다보며 말했어요.

"여기는 쪼꼬미 행성들이 참 많네요."

"지구인들이 자면서 꿈을 꾸면, 하나의 새로운 세계가 똥깨구리 왕국의 하늘에 아주 작은 별로 만들어져. 꿈을 요리하는 몽구리들은 그런 별들을 지켜보고 관리하다 수명이 다한 작은 별들을 따서 맛있게 요리해 먹거나 가공해서 판매하지."

"인간의 모든 꿈이 다 이곳에서 관리되고 있었군요. 간절히 바라던 꿈이 이루어지면 크고 빛나는 별이 되고, 잠자면서 꾸는 꿈은 따 먹을 수 있을 정도로 아주 작은 별이 되는가 봐요. 똘똘구리 님도 작은 별을 따서 요리해 먹나요?"

"꿈속 세계에 살던 아이들이 똥깨구리 왕국으로 튀어나올 수도 있어서 요리 몽구리들 말고는 작은 별을 요리할 수 없어.
그리고 악몽은 너무 위험해서 몽구리들도 요리하지 못하고 봉인해 두는데, 무슨 이유인지 몽구리 중에 하나가 너의 봉인된 악몽을 가져가서 몰래 풀었다가 악몽 속 괴물이 똥깨구리 왕국으로 튀어나와 버린 거야!

그렇게 밖으로 나온 괴물은 모든 걸 물어뜯어 파괴하기 시작했지. 그 괴물은 오직 꿈의 주인만 다룰 수 있어서 어린 너를 여기로 데려왔더니 이야기만 듣고 도망가 버렸어. 지금쯤이면 악몽과 맞설 용기가 생겼으려나 싶어서 다시 초대장을 보내 부른 건데, 그 사이에 괴물은 더욱 강력하고 무시무시해져 버렸지."

모떼는 어린 시절부터 매일같이 시달리던 자신의 악몽 속 괴물과 만나서 싸워야 한다는 사실에 갑자기 겁이 나기 시작했어요.

"꿈속에서도 무서워서 도망 다니기 바빴는데 현실에서 직접 만나서 싸우라니요. 악몽을 꾸는 사람들이 한둘이 아닐 텐데 하필이면 제 악몽이 문제가 된 이유가 뭘까요?"

그러자 똘똘구리가 말했어요.

　　"어떤 일이 발생하든 이유를 찾으려고 하지 말고 그냥 받아들여! 안 좋은 일이 생기면 '왜 하필 나에게 이런 일이 생긴 걸까?' 하면서 이유를 찾는 바보들이 있어. 그냥 무슨 일이 생겼건 그런 일이 생긴 것뿐이고, 네가 할 수 있는 건 단지 받아들이는 것뿐이야. 이유를 찾거나 부정하고 싶을수록 고통에서 벗어날 수 없게 돼! 모든 생명이 이유 없이 태어나 존재하듯, 살아가며 느끼게 되는 행복과 고통에도 아무런 이유가 없어. 하지만 확실한 건 행복의 이유를 찾으려 할수록 불행해진다는 사실이야. 그러니 모떼야, 앞으로 살면서 어떤 일이 발생하든 조금도 마음 쓰지 말고 '아… 이런 일이 생겼구나.' 하고 그냥 받아들이면 삶이 한없이 가벼워질 거야."

'네, 알겠어요. 근데 혹시 전에도 악몽에서 나온 존재가 있었나요?"

"흑마법을 쓰는 사악한 마녀와 뿔 달린 괴물들이 있었어. 악몽의 주인은 똥깨구리 왕국에 와서 자신의 악몽인 마녀와 뿔 달린 괴물들을 만나 모든 걸 잘 해결했지만, 다시 지구별로 돌아가진 못했어."

모떼는 지구별로 돌아가지 못한 악몽의 주인이 자신의 엄마나 아빠일 거란 기대감 가득한 표정으로 물었습니다.

"왜죠?"

"왕국을 다스리던 여왕구리와 사랑에 빠져 버렸거든. 결국 지구별로 돌아가지 않고, 이곳에 남기로 결정했어. 이후 결혼해서 똥깨구리 왕국의 왕이 되었고, 아이를 셋이나 낳고 잘 살고 있지. 그 첫째 아이가 바로 삐딱공주님이야."

"아…. 그래서 삐딱공주님의 외모가 다른 똥깨구리들과 조금 달랐군요. 근데 악몽에서 나왔다는 뿔 달린 괴물들과 마녀들은 어떻게 되었나요?"

"마녀는 지금 마법 학교를 세워서 마법을 가르치고 있고, 뿔 달린 아이들은 조수로 있어."

"혹시 똥깨구리 왕국의 왕이 제 아빠인가요?"

"왜 그렇게 생각하지?"

"어렸을 때 엄마가 갑자기 사라지고 나서 아빠가 많이 힘들어하시며 매일 밤 악몽을 꾸셨거든요. 그리고 어느 날 갑자기 아빠도 어딘가로 사라져서 돌아오지 않았어요. 그리고 어린 시절 제가 이곳에 와서 아빠를 만났던 것 같은 희미한 기억들이 조금 전에 막 떠올랐거든요."

"네가 이곳에 부모님이 있다고 믿으니까 그런 기억들이 만들어진 걸 수도 있어. 일단 지금은 괴물을 물리치러 가는 것에 집중했으면 좋겠다."

2. 미래를
알고 있는 존재

미래가 이미 정해져 있어도
우리는 선택할 수 있어

다음 마을에 가기 위해서는 하트 모양의 나무 이파리 배를 타고 강을 건너야만 했습니다. 배는 앉을 공간도 없었고, 마을은 생각보다 참 멀었어요.

"너무 오래 타고 있으니까 힘들어요."

모떼가 힘들다고 말하자 운전구리는 이렇게 말했어요.

"뇌는 말과 현실을 구분하지 못해요. 힘들다고 말하면 더 힘들어지고, 행복하다고 말하면 더 행복해지게 됩니다. '신난다! 신난다!' 하면서 가세요."

운전구리 말대로 '신이 나! 신이 나!'라고 외쳤지만, 모떼는 너무 지쳐서 조금도 신이 나지 않았어요.

"운전구리 님은 쉬지 않고 계속 운전만 하고 계시는데 지치지 않으세요?"

"지쳐도 어쩌겠어요. 이게 저의 일인걸요. 모떼 님 눈에는 똥깨구리들이 마냥 놀고먹는 것처럼 보일지 몰라도 다들 치열하게 살고 있답니다. 저기 나무 위에서 빈둥거리고 있는 빈둥구리도 대충 살지 않아요."

"아, 그렇군요. 근데 저기 물속에 면발같이 생긴 똥깨구리는 누구죠?"

"저 아이는 짜빠구리예요."

"아…. 이름이 참 군침 돌게 하네요."

선착장에 도착하자 기다리고 있던 삐딱이가 모떼를 반겨 주었고, 모떼가 말했어요.

"삐딱공주님, 나랑 함께 다니기로 했으면서 어디 갔었어요?"

"뻔뻔구리에게 급한 일이 생겼었거든."

"그게 누군데요?"

"남탓구리의 사돈에 팔촌이 자주 가는 단골집 위층에 사시는 할배구리 손자의 유치원 선생님이셔."

"아… 그렇게나 중요한 관계면 안 가 볼 수 없었겠군요!"

"맞아! 모떼는 참 똑똑한 아이구나!"

"근데 제가 괴물을 물리칠 수 있을까요? 갑자기 좀 걱정돼서요."

"그건 우리의 모든 미래를 다 알고 있는 라플라스의 똥강아지만이 알고 있겠지. 그는 우주의 모든 물질의 현재 상태를 정확하게 알고 있고, 똥깨구리 왕국에 존재하는 모든 평행세계들의 미래까지 다 볼 수 있어. 우리 행성의 탄생부터 종말까지 모든 과정이 담긴 평행세계들은 이미 다 완성되어 있으니까."

"내가 그를 만나면 미래를 보고, 돌아와서 바꿀 수도 있겠네요?"

"모든 미래가 이미 결정되어 있기 때문에 미래를 알게 된다고 해도 바꿀 수 없어. 아무리 바꾸려 해도 일어나야만 하는 일은 반드시 일어나게 되어 있거든. 말 그대로 이미 정해져 있으니까. 지금 우리가 여기서 이렇게 대화를 하는 것도 모두 정해진 시나리오대로 말하고 있을 뿐이고, 우린 정해진 대본대로 말하고 행동하는 연기자들일 뿐인지도 몰라. 하지만 중요한 건 그렇게 다 정해져서 완성된 미래가 단 하나만 있는 게 아니라는 거야. 미래는 이미 정해져 있지만, 그런 미래가 셀 수 없이 많이 존재하고 있으니까. 셀 수 없이 많은 미래 중에 어느 미래로 연결되어 삶이 지속될지는 매 순간 우리의 선택에 달려 있는 거야."

"삶엔 예측할 수 없는 변수들이 가득하잖아요. 그런 변수들로 인해 완전히 새로운 미래가 창조되지 않을까요?"

"맞아! 하지만 그런 식으로 새롭게 형성된 미래도 라플라스의 똥강아지가 사는 저 머나먼 우주에서는 이미 다 완성되어 있어."

"거기가 어디죠?"

"여기서 천억 광년 정도 떨어진 행성에 있어."

"아…. 라플라스의 똥강아지를 만나려면, 만나러 가는 길에 늙어 죽겠군요."

"걱정 마! 여기서 멀지 않은 곳에 '시간의 문'이 있는데 그 문을 들어가면 곧바로 만날 수 있으니까. 라플라스의 똥강아지를 만나면 넌 모든 미래의 결과를 미리 보고, 똥깨구리별과 지구별을 구할 수 있는 확실한 방법을 찾아 자신에게 메시지를 보낼 수 있을 거야."

"알겠어요. 꼭 만나 볼게요! 근데 이곳은 시간이 참 느리게 가는 것 같아요. 아직 하루도 안 지났는데 몇 달은 이곳에 살았던 것 같은 느낌이거든요."

"모떼 너의 똥깨구리 왕국 여행은 처음 하루 이틀만 느리고 나머지 기간은 눈 깜작할 사이에 지나가 버릴 거야. 시간의 속도는 도파민 활성도와 심장 박동 수에 따라 달라지거든. 심장 박동이 빠르면 시간이 느리게 가고, 심장 박동이 느리면 시간이 몹시 빨리 지나가. 나이가 들수록 시간이 빨리 가는 이유야. 나이가 들면 노화로 인해 심장 박동이 느려질 뿐 아니라 도파민 활성도 떨어지니까. 그래서 여행을 시작할 때는 낯선 환경에서 도파민 분비가 많아지고 심장 박동 수가 빨라져서 처음에는 시간이 느리게 가는데, 조금만 익숙해지면 그때부터 심박 수가 다시 느려지면서 시간이 빠르게 휙 지나가 버리지."

"그럼 나이를 떠나서 가슴 뛰는 경험을 많이 할수록 시간이 느리게 가겠네요! 이곳에서 나의 시간은 계속 느리게 갈 거예요. 매일 다양한 똥깨구리들을 만나고, 새로운 경험을 할 테니까요."

"그래. 암튼 내일 아침에 똘똘구리가 시간의 문으로 데려다줄 거니까 푹 쉬어. 난 바빠서 가 볼게."

다음 날 아침이 되자, 모떼는 똘똘구리와 함께 시간의 문으로 출발했습니다. 시간의 문으로 가던 중 산과 길에서 배가 볼록한 아이들이 보이자, 모떼가 똘똘구리에게 물어보았어요.

"저쪽에 많이 먹고, 배부른 관상의 아이들은 누구죠?"

"응, '땡이뚱'이라는 이름의 몹시 착한 길곰들인데 많이 먹어서 배가 부른 게 아니야. 배가 볼록한 데는 다른 특별한 이유가 있어! '땡이뚱'의 배에는 헬륨가스 같은 게 가득 차 있거든. 내가 직접 보여 줄게."

똘똘구리는 풍선을 꺼내 땡이뚱에게 다가가더니 땡이뚱의 똥꼬에 끼웠어요. 땡이뚱이 방구를 뀌니 볼록했던 배가 잠시 쏙 들어가며, 풍선에 가스를 가득 채웠답니다. 똘똘구리는 풍선을 잡고 하늘을 날아가 버렸고, 땡이뚱은 풍선이 없는 모떼를 업고 배를 풍선처럼 부풀려서 하늘을 날기 시작했습니다.

시간의 문은 멀지 않았어요. 모떼는 땡이뚱을 타고 하늘을 날아다니는 재미와 즐거움을 오래도록 느끼고 싶었지만, 아쉽게도 시간의 문에 금방 도착해 버리고 말았답니다. 시간의 문 뒤로는 아무것도 없었고, 아래로 통로 같은 것이 있었어요.

시간의 문 앞에서 똘똘구리는 풍선의 가스를 줄여 가며 착지했고, 땡이뚱은 방구를 뀌며 배의 크기를 줄여 착지했어요. 모떼에게 똘똘구리가 말했습니다.

"시간의 문을 통과하면 웜홀이 열리게 돼. 웜홀을 통과해 사건 지평선을 넘어서면 블랙홀에 빨려 들어가게 될 거야."

모떼는 걱정스러운 표정으로 말했어요.

"블랙홀에 들어가면 시공간이 뒤틀리고, 빛조차 다시 빠져나올 수 없잖아요. 그 무엇도 빠져나올 수 없는 곳에 들어가서 어떻게 다시 나오라는 거죠?"

"들어가는 곳이 있으면 나오는 곳이 있겠지. 블랙홀이 들어가는 입구면, 화이트홀은 나오는 출구야. 그 둘을 연결하는 통로가 웜홀이고!"

모떼가 말없이 고개를 끄떡이곤 시간의 문으로 들어가려 하자, 똘똘구리가 갑자기 '읔' 소리를 내며 배를 움켜잡고 말했습니다.

"난 잠시 화장실 좀 다녀와야 할 것 같아."

똘똘구리가 방귀를 뿡뿡 뀌며 화장실로 똥꼬를 막고 달려간 사이, 지하 통로에서 똥깨구리 하나가 머리를 내밀고 모떼에게 속삭이듯 말했어요.

"빨리 이쪽으로 들어와, 어서! 시간이 없어!"

"저는 시간의 문에 들어가야 해요."

"거기 들어가면 안 돼! 아까 그 녀석은 똘똘구리가 아니라 사기구리야. 넌 완전히 속고 있는 거라고! 돌아오기 전에 빨리 도망쳐야 해. 빨리 날 따라와!"

"그게 무슨 말이에요? 사기구리라니요? 당신은 누구신데요?"

"난 피노구리야! 네가 저 문을 통과해 들어가면 다신 돌아올 수 없어!"

"그게 무슨 말이에요?"

"너 바보야? 블랙홀에 들어가면 모든 게 파괴된다는 것도 몰라? 강한 중력에 의해 너의 몸이 완전히 산산조각 날 거라고! 그리고 화이트홀이라는 건 애초에 존재하지 않아.

만약 있어서 돌아온다 해도 웜홀을 통과하면서 시간이 휘어지기 때문에 완전히 다른 시간대로 돌아오게 된다고!"

피노구리의 말에 모떼는 겁이 났지만, 피노구리가 말할수록 코가 길어지는 게 너무 이상했어요.

"근데 피노구리 님은 왜 말할 때마다 계속 코가 길어지죠?"

"내 코가 석 자라서 그래!"

"석 자는 무슨, 열 자도 넘겠는데요! 설마 거짓말을 할 때마다 코가 길어져서 피노구리인가요?"

피노구리는 끝도 없이 코가 길어져 가며 계속 말을 이어 갔어요.

"무슨 소리야? 난 태어나서 단 한 번도 거짓말을 해 본 적이 없어! 난 너를 구해 주기 위해서 목숨 걸고 진실을 말해 주는 거야. 내 코는 신경 쓰지 말고, 빨리 따라오기나 해!"

멀리서 똘똘구리가 돌아오고 있는 게 보이자, 모떼는 피노구리를 따라 지하 계단으로 도망쳤어요. 증명된 적 없는 화이트홀로 나올 수 있다는 말보단 블랙홀 안에 들어가면 죽게 된다는 말이 지구인의 상식으로는 더 믿을 만했기 때문이죠. 블랙홀의 초중력을 아무런 장비 없이 들어가서 맨몸으로 견디라던 똘똘구리는 사기구리가 맞는 것 같았어요.

피노구리와 지하계단을 따라서 내려가다 보니, 계단이 물에 잠겨 있어서 더 이상 갈 수가 없었습니다.

"계단을 따라 계속 내려가야 해."

"하지만 난 물속에서 숨을 쉴 수 없어요."

"여기 물 같은 건 없다고 믿어 봐! 물이 가짜라고 믿는다면, 계단만 보일 거야."

모떼가 주저하고 있을 때 똘똘구리가 급하게 뒤따라 내려오는 게 보였습니다. 모떼는 피노구리의 말대로 이 세계가 자신의 꿈속이며, 모두 허상이라고 믿어 보았어요. 그리고 물속에 연결된 계단 속으로 걸어 내려갔습니다. 그러자 이상하게 물속에 있는데도 육지에 있는 것과 똑같아졌어요. 계단은 아래로 내려가다 다시 위로 한참 올라갔어요. 그렇게 물 밖으로 나오니 멀리에 지구별이 보였습니다. 피노구리가 말했어요.

"너를 지구별로 돌려보내 줄게. 나의 코를 꼭 잡고 있어 봐. 내 코가 지구까지 늘어나서 너를 안전하게 돌려보내 줄 거야."

모떼는 피노구리의 가늘고 연약해 보이는 코가 지구까지 가지 못하고 '똑' 하고 부러져 버릴까 봐 겁이 났지만, 일단은 시키는 대로 꼭 잡고 있었어요.

피노구리는 10분만 코를 잡고 있으면 지구별에 도착할 거라며 이런저런 말들을 멈추지 않았고, 피노구리가 그렇게 말하는 동안 코가 계속 길어지면서 앞으로 쭉쭉 뻗어 나갔어요.

코가 길어질수록 모떼는 얇은 피노구리의 코를 잡고 매달려 있기가 불안해졌어요. 그러다 결국 피노구리의 코가 모떼의 무게를 견디지 못하고 휘어지다가 '뚝' 하고 분질러져 버렸습니다.

모떼는 평소에 다이어트 좀 할걸 하는 후회를 하면서 아래로 '쾅' 하고 떨어져서 정신을 잃었어요. 모떼가 정신을 차리고 주변을 두리번거리자 망원경으로 어딘가를 보고 있는 똥깨구리가 보였습니다. 높은 곳에서 떨어졌지만, 하나도 다치지 않은 사실을 몹시 신기해하며 일어나서 걸어가자, 망원경을 보고 있던 똥깨구리는 고개를 돌려 모떼에게 반갑게 인사했어요.

거짓은 들통나지 않으면
몹시 유익해

"안녕, 모떼! 난 엉덩구리야!"

"네, 안녕하세요. 뭘 보고 있나요?"

"난 평평한 지구를 보고 있어. 관찰하기 편하게 평면으로 된
가상의 지구별을 만들어서 우주에 띄워 두었거든. 이리 와서 확
대경을 한번 들여다보지 않을래? 보고 있으면 참 재미있어. 저
속에 사는 인간들은 자신들이 단지 시스템 속의 존재들인 걸 전
혀 모르고 살고 있거든. 심지어 자신들이 사는 행성이 둥글다고
믿고 있지. 유전자의 기본 설정값대로 행동할 뿐이면서 스스로
선택한다고 착각하며 살고 있는 우리도 어쩌면 저들과 크게 다를
바 없는지도 몰라.

저 속에 사는 누군가가 자신이 시스템 속의 존재라는 걸 깨닫게 된다면, 결국에는 스스로 설정값을 바꾸고 자신이 원하는 세상을 창조하며 살아가게 될지도 몰라. 모든 게 허상이라는 진정한 깨달음을 얻은 존재들은 설정값에서 벗어나 시스템 밖의 세상에서 살아갈 수 있을 테니까."

"그래서 엉덩구리 님은 뭐라도 깨달으셨나요?"

"나는 나의 엉덩이가 참 예쁘다는 걸 깨달았지."

"몹시 치명적인 깨달음이네요."

"응. 하지만 이런 깨달음으로는 아무것도 할 수 없어."

"저 평평한 지구 시스템 안으로는 어떻게 들어갈 수 있죠?"

"여기선 별로 멀지 않아서 비행접시를 타고 가면 금방이고, 네가 살던 지구별에선 어떻게 가는지는 잘 모르겠어. 하지만 너의 세계 안에 중첩되어 진행 중인 평행세계들과 다른 차원의 수많은 우주를 이어 주는 포털이 많다고 들었어. 정말 중요한 곳은 화산 분화구 안에 있거나 바닷속 깊은 곳 같이 보통은 인간이 찾아갈 수 없는 곳에 있지만, 너무 어이없을 만큼 가까운 장소들에도 숨어 있기도 해."

"생각보다 몹시 박식하신 것 같은데, 왜 이름이 박식구리가 아니라 엉덩구리죠?"

"나의 엉덩이가 우주에서 가장 예쁘다는 큰 깨달음을 얻고는 최근에 개명했거든."

엉덩구리와 심오한 대화를 나누고 있을 때, 똘똘구리와 피노구리가 찾아왔습니다. 똘똘구리가 걱정스러운 표정으로 모떼에게 말했어요.

"모떼야! 갑자기 왜 그런 거니?"

"피노구리에게 다 들었어요. 당신은 똘똘구리가 아니라 나를 속이는 사기구리잖아요! 그래서 지구별로 다시 돌아가려고 그랬어요."

"피노구리는 거짓말을 하면 코가 길어지는 뚱깨구리야! 거짓말에 속으면 안 돼! 저기 보이는 건 네가 살던 지구별도 아니라고."

모떼는 몹시 혼란스러워졌습니다. 혼란스러워하는 모떼에게 피노구리는 결국 진실을 말해 주었어요.

"똘똘구리의 말이 맞아! 난 거짓말하면 코가 길어져."

진실을 말하자 피노구리의 똑 분질러졌던 코가 점점 줄어들기 시작했습니다.

"지구별 사람들은 무엇이 거짓이고 무엇이 진실인지를 구분하는 능력이 없는 것 같아."

그 말에 모떼는 고개를 끄떡이며 말했어요.

"맞아요. 지구별에선 권력자들이 정치적인 목적으로 언론을 적극 활용하면, 분별력이 없는 사람들은 그걸 믿어 버려요. 심지어 개인이 유튜브에서 말도 안 되는 거짓을 떠들어도 다 믿어 버리는 사람들도 있다니까요."

"편견을 가지고 세상을 보는 사람들이 그럴 거야. 그들은 자신이 보고 싶고 듣고 싶은 이야기만 골라서 보고 듣거든. 그게 틀렸다는 확실한 증거가 가득해도 조금도 관심이 없어. 자신의 믿음과 다르면 일단 모조리 무시하고 보기 때문이지. 믿음을 확인시켜 주는 기사와 뉴스만 반복해서 보면서 자신을 세뇌해. 만약 거짓 정보라는 걸 본인 스스로가 느끼게 되면, 그럴수록 진실을 더 강력하게 거부해 버려. 자신이 원하는 건 진실이 아니니까."

"어쩌면 세상에 대한 불만을 쏟아 낼 탈출구가 필요한 것뿐인지도 몰라요."

"너도 마찬가지야, 모떼! 너도 무엇을 믿고, 믿지 말아야 할지를 몰라! 대부분 인간은 진실보단 더 자극적이고 힘이 센 소문을 듣게 되면, 진실은 조금도 궁금해하지 않고 그냥 믿어 버리지.

나의 이런 황당한 거짓말에 바로 속어 넘어가는 걸 보면 너도 그들과 크게 다르지 않아. 이 정도로 분별력 없이 살다간 사이비 종교에도 쉽게 빠지게 될 거야!"

피노구리가 기분 나쁘게 말을 했지만, 모떼는 피노구리의 거짓말에 속아 넘어간 게 부끄럽기도 하고 똘똘구리를 믿지 않고 도망친 게 미안하기도 해서 조금도 화를 내지 않고, 화제를 다른 곳으로 돌리기 위해 자연스럽게 똘똘구리에게 질문했어요.

"아까 제가 피노구리의 말을 그대로 믿고 눈앞에 물이 없다고 생각하니, 정말로 물속에 있는데 물이 없는 것처럼 느껴졌어요. 어떻게 그렇게 된 거죠?"

똘똘구리가 똑똑한 표정을 지으며, 진지한 목소리로 대답했어요.

"나도 잘 몰라."

"똘똘구리가 모르는 게 뭐가 그렇게 많아요?"

"난 똘똘구리지, 허세구리가 아니야! 난 똘똘하긴 하지만 모든 걸 다 아는 건 아니라서 모르는 건 모른다고 하는 거야. 한 분야의 최고 전문가라도 그 분야에 모르는 게 있을 수 있어. 하지만 모른다는 사실을 드러내는 게 싫어서 감추려고 한다면, 고통스러워져! 내가 똘똘구리인 이유는 똘똘하게 모르는 걸 모른다고 바로 인정하기 때문이지. 그럼 자유로워지거든."

모떼는 멀리 보이는 곳을 가르치며 다른 질문을 했어요.

"근데 저기 하늘에 떠 있는 커다란 개구리 얼굴 모양은 뭐죠?"

모떼의 질문에 엉덩구리가 대답했어요.

"여기서는 지구인들이 알고 있는 모든 우주를 들여다보고 관찰할 수 있을 뿐 아니라 지구별의 평행세계들로 이루어진 우주까지 저 확대경으로 들여다볼 수 있어."

"그래서 똥깨구리들이 지구인들에 대해 다 알고 있다는 듯 말했던 거군요."

"응, 정말 다 알고 있으니까. 지구별이 너무 흥미로워서 저렇게 평평한 가상의 지구별 시스템까지 만들어서 실험하고 있을 정도로 우리는 관심이 많아. 그런데 요즘 시스템 속에서 설정값대로만 움직이던 캐릭터들이 자아를 가지고 각자의 삶을 살아가면서 가짜 행성이 계속 팽창하고 있어서 걱정이야. 그들이 하늘을 보며 달을 인식한 순간 없던 달이 생겨나는 것처럼, 주변의 행성들과 그들이 관측 가능한 모든 소우주가 그들의 생각과 인식으로 새롭게 창조되고 있거든. 심지어 시스템 안에서는 매일같이 새로운 가상세계들이 만들어지고 있어."

피노구리가 코를 만지작거리며 모떼에게 말했어요.

"그렇다고 해서 그들이 설정값을 벗어난 존재가 된 건 아니야. 그리고 사실 우리도 그들과 똑같은 재료로 만들어졌어.

그들이 생각하고 살아가는 세계의 모든 것들은 이곳과 크게 다르지 않지만, 그들과 우리의 차이는 그들은 진실을 전혀 모르기 때문에 존재할 수 있다는 거야. 만약 그들의 창조주가 우리고, 그들이 알고 있는 우주에 대한 모든 진실이 가짜라는 사실을 알게 된다면 어떻게 될까? 진실이라는 건 몹시 위험한 거야. 거짓은 수많은 것들을 지키고 보호해 주기 때문에 꼭 필요한 거야."

"그런 말도 안 되는 이유로 거짓말을 한다는 건가요? 당신의 거짓말은 단지 남을 속이는 거고, 속이는 건 언제나 큰 상처를 주는 나쁜 짓일 뿐이에요."

"거짓은 들통났을 때나 상처가 되고 나쁜 거지. 아무도 모르면 몹시 유익하다고."

"거짓은 언젠가 반드시 밝혀지게 되어 있고, 모두가 상처받는 결말밖에 없어요. 전 당신처럼 거짓말만 하는 사람이 정말 싫어요! 애초에 아무것도 속이지 않으면, 숨길 것도 없는 거예요!"

"거짓이 들통나는 건 굳이 진실을 밝히려고 하니깐 그런 것뿐이야. 세상엔 모르고 사는 게 더 유익한 것들이 대부분이야. 예를 들어 보자. 모두에게는 감추고 싶은 사생활이라는 게 있지. 네가 좋아하는 사람들이나 가까이 지내던 사람들, 존경하는 사람들에게도 숨기고 있는 진실이 있을 거야. 그걸 모른다면 좋은 관계를 유지하고 계속 행복하게 잘 살아갈 수 있던 사람들에게 그들이 감추고 싶어 하던 진실을 알려 준다면, 그때부터 그들의 삶과 관계는 완전히 끔찍해져 버리고 말 거야. 진실을 알게 되면, 더 이상 예전처럼 지내는 건 불가능하거든. 너에게 사랑하는 사람들이 있고, 그들과 좋은 관계를 계속 유지하고 싶다면, 일단 그들에게 의심 가는 부분이 있을 때 아무것도 알려고 하지 않는 것! 그게 행복한 삶을 지키는 유일한 방법이야. 우리는 언제나 보이는 것만 믿을 필요가 있어. 우리의 건강과 행복, 소중한 일상을 지켜 가기 위해서 말이야."

"당신은 거짓말을 하면 코가 길어져서 바로 들통이 나는 바람에 아무것도 숨길 수 없을 텐데, 왜 그딴 말을 하는 거죠?"

"내가 거짓말을 하면 코가 길어진다는 건 네가 생각하는 진실이고 너의 믿음일 뿐일까? 아니면 그게 진짜 진실일까? 네가 편한 쪽을 선택해서 완전히 믿고 있는데, 굳이 진짜 진실이 뭔지를 알려 주는 게 무슨 도움이 될까?"

"대체 무슨 말이 하고 싶은 건지 모르겠지만, 더 이상 당신과 대화하고 싶지가 않네요."

모떼의 기분이 몹시 안 좋아 보이는 게 걱정된 똘똘구리가 모떼의 손을 잡으며 말했어요.

"모떼야, 갑자기 너무 많이 피곤해 보인다. 저쪽에 있는 소파에 누워서 잠깐 쉬어."

모떼는 소파에 잠깐 누웠다가 너무 피곤해서 잠이 들어 버렸어요. 그런데 꿀잠에 빠져 있는 모떼를 누군가 흔들어 깨우며 반갑게 인사했습니다.

"안녕? 나는 잠깨구리야. 어서 잠 깨!"

모떼가 일어나서 똘똘구리를 찾으니 엉덩구리와 신나게 엉덩이를 흔드며 노느라 바빠 보였어요. 둘이 즐겁게 노느라 모떼는 안중에도 없자, 모떼는 삐져서 혼자 시간의 문으로 향했습니다. 모떼가 길을 걷고 있는데, 막말구리와 진상구리가 모떼를 보고 말했어요.

"저기 미개한 지구별 외계인이 지나간다! 저년이 우리 행성에 괴물을 풀어서 전부 다 죽게 생겼잖아. 저 양심 없고 뻔뻔하게 생긴 얼굴 좀 봐. 완전 개못생겼어."

둘의 대화 내용을 들은 모떼는 버럭 화를 냈고, 화내는 모습에 그들은 이렇게 말했습니다.

"어머, 이 인간 미쳤나 봐! 남의 이야기를 함부로 엿듣고는 화까지 내고…. 생긴 것도 뭣같이 생겨서, 진짜 생긴 대로 논다."

막말구리와 진상구리는 끝도 없이 모떼에 대한 말도 안 되는 험담을 늘어놓았고, 결국 모떼도 분노를 참지 못해 크게 소리 지르고 욕하기 시작했어요.

둘의 거친 말싸움에 세계관 최강자들의 욕 싸움 같다며 인근 똥깨구리들이 모여들어 팝콘을 먹으며 관전을 시작했어요. 멀리서 싸우는 소리를 들은 똘똘구리가 뛰어와서 모떼를 말리며 말했습니다.

"저 아이들은 단지 관심받고 싶고, 인정받고 싶어 죽겠는데 현실은 단지 못난이 찌질이일 뿐이라서 몹시 괴로워서 그러는 것뿐이니까 모떼가 참아! 저들은 어떻게든 다른 존재들을 무시하고 깎아내려야만 마음이 편해지거든. 저런 애들 상대하는 건 쟤들하고 똑같은 수준의 존재가 된다는 걸 의미해. 그들이 그런 모습을 보면 얼마나 위로가 되고 마음이 편해지겠니? 상대해 주지 않는다면, 저들은 고통스러움에 몸부림칠 거고, 상대해 준다면 몹시 기뻐할 거야. 저들을 딱히 기쁘게 해 주고 싶은 게 아니라면, 그냥 두고 어서 가던 길 계속 가."

"누가 저런 말을 듣고 그냥 갈 수 있겠어요?"

"모든 존재는 자석과 같아. 자석이 자기장으로 인해 N극은 서로를 밀어내고 S극은 서로가 달라붙듯 너는 네가 원하든 원치 않든 너와 맞지 않는 존재들은 밀어내게 될 거야. 그런 이유로 너는 우주에 존재하는 절반의 생명체를 너의 편으로 끌어올 수 있어도 나머지 절반은 쉽게 끌어올 수 없지. 그들은 애초에 너를 싫어하기 위해 만들어진 존재들이라 어쩔 수 없거든. 그러니 우주의 절반이 너에게 막말을 하고 함부로 대할 때 최선의 방법은 오직 신경 끄는 것뿐이야. 너에 대한 설정값이 애초에 그렇게 되어 있는 것뿐이니, 어떻게 나한테 이럴 수 있냐고 물으면 안 돼. 그들은 단지 설정값대로 자신의 역할에 충실할 뿐이야. 그러니 그들의 말이나 행동에 상처받는다면, 그건 받아들이는 너의 태도에 문제가 있는 거야. 살면서 무슨 일이 생겼는가는 중요하지 않아. 그 일을 어떻게 받아들이는지가 중요하지. 넌 기분 나쁘거나 상처받을 필요도 없고, 화낼 필요도 없어."

똘똘구리는 막말구리와 진상구리를 힐끔 쳐다보더니 말을 계속 이어 갔어요.

"주의할 건 살면서 네가 밀어내는 존재들이 모두에게 나쁜 존재가 아니라는 거야. 그들도 자신에게 붙으려는 존재들과는 끼리끼리 잘 어울릴 테니까.

진상구리와 막말구리가 베프인 것처럼 말이야. 너에게는 악마지만, 누군가에게는 천사일 수도 있어. 믿기 힘들겠지만, 너에게 함부로 대해도 어딘가에선 분명 따뜻하고 친절한 존재고, 누군가에게 꼭 필요하고 소중한 존재들일 거야."

똘똘구리가 이야기를 마무리하려는 듯 모떼의 등을 토닥이며 말했습니다.

"우주에는 너의 생각과는 정반대인 존재들이 너와 생각이 같은 존재만큼 있다는 걸 절대로 잊어선 안 돼! 세상의 균형을 위해서는 어쩔 수 없는 거니까."

"똘똘구리 님은 저런 존재들이 혐오스럽지 않나요?"

"난 모떼 네가 앞으로 누굴 만나든 그 누구도 평가하지 말고, 있는 그대로를 볼 수 있었으면 좋겠어. 겉으로 보이는 것 말고, 진짜를 볼 수만 있다면 우주 어느 것도 혐오스럽게 보이지 않을 테니까."

사랑받지 못해서가 아니라
사랑하지 않아서 힘든 거야

똘똘구리의 말은 모떼에게 아무런 위로가 되지 않았고, 오히려 기분을 상하게 했어요. 모떼는 똘똘구리가 바래다주려 했음에도 혼자 가겠다며 거절하고, 혼자서 시간의 문을 찾아가다 길을 잃어버리고 말았어요. 몇 시간째 길을 헤매는 동안 계속해서 누군가가 숨어서 모떼를 지켜보고 있는 게 느껴졌습니다. 어쩌면 엄마나 아빠가 모습을 드러내지 못할 이유가 있어서 숨어서 지켜보는 거란 생각이 자꾸만 들었어요. 하지만 뒤를 돌아보니 '사오정구리'가 모떼를 쳐다보고 있었습니다.

"당신이 그동안 나를 계속 따라오며 지켜보고 있었나요?"

"뭐라고? 안 들려!"

귀가 주름에 파묻혀 있는 사오정구리는 계속 안 들린다고만 답하다가 느닷없이 "너 우리 엄마 욕했지?"라며 뿅망치로 모떼를 때리려 했습니다. 모떼는 사오정구리의 파묻힌 귀를 들춰내며 물었어요.

"당신 엄마 욕한 적 없어요! 혹시 누가 날 훔쳐보고 있는 거 못 보았나요?"

"글쎄…. 누군가 널 보고 있다가 갑자기 호다닥 숨은 것도 같고, 아닌 것도 같네."

사오정구리가 가고나서 모떼가 관찰하듯 꼼꼼하게 주변을 둘러보니, 나무 뒤에 누군가 숨어 있는 것 같아 보였어요. 모떼는 나무에 대고 크게 소리 질렀습니다.

"숨어서 훔쳐보지 말고 나오세요!"

그러자 눈에 보이지 않을 만큼 쬐그만 똥깨구리가 나무 뒤에 숨어 있다가 모습을 드러냈어요.

　"아… 안녕, 모떼! 난 몽구리 중에서도 인간의 꿈 안에 들어가서 꿈을 편집할 수 있는 능력을 가진 버터 몽구리야. 그냥 '버터구리'라고 부르면 돼. 난 몸의 크기를 마음대로 줄이고 늘릴 수 있어서 아주 작은 모습으로 숨어 있으면 모를 줄 알았어."

　"너무 작아서 잘 안 들리니, 원래의 모습으로 대답해 주세요. 지금까지 나를 스토킹 하던 게 당신이었나요? 대체 왜 계속 숨어서 나를 보고 있었죠?."

　버터 몽구리는 점점 크기가 커져 가더니, 덩치 큰 본래의 모습으로 돌아와서 말했습니다.

　"그게…. 고백하려니 너무 긴장돼서 그랬어."

　"무슨 고백이요? 설마 내 봉인된 악몽을 풀어서 괴물이 현실로 나오게 만든 몽구리가 당신인가요?"

"모떼야, 사실 난 네가 쬐그만 모습으로 이곳에 처음 왔을 때 첫눈에 반했어. 그 이후 지구별에서 사는 너를 지금까지 쭉 지켜보면서 관찰했지. 난 너의 모든 걸 볼 수 있는 세계에 살고 있으니까…. 난 네가 여태까지 자면서 무슨 꿈을 꾸었는지도 다 알고 있어."

"완전 악질 스토커네요! 너무 소름 끼쳐요!"

"그런 거 아니야. 단지 널 사랑해서 그런 것뿐이야. 지구별에는 아름다운 장소가 많았지만, 너보다 더 아름다운 건 어디에도 없었어. 그래서 난 너만 바라볼 수밖에 없었던 거야. 너의 아름다움과 비교돼서 세상 모든 게 다 못생겨 보였으니까…. 그러니까 모떼 너는 내 눈알을 책임져야 해!"

"말하는 것도 너무 느끼하고 듣기 거북해요! 진짜 싫어요!"

버터구리는 반지와 상자 하나를 꺼내더니 모떼에게 내밀며 말했어요.
"모떼야, 이건 내 마음이야. 이거라도 받아 줘."

"싫어요! 썩 꺼지세요!"

모떼가 화내는 소리를 들은 똥깨구리들이 모떼에게 달려와서 말했어요.

"안녕하세요! 모떼 씨, 무슨 일 있으신가요?"

"나쁜 똥깨구리가 나를 스토킹해요."

"저희는 버터구리의 친구인 달다구리와 핑크구리입니다. 버터 구리는 몹시 이상한 똥깨구리지만, 나쁜 똥깨구리는 절대 아닙니 다. 몹쓸 오해가 있었던 거 같아요. 그러니 흥분을 안전한 곳에 잠시만 넣어 두시고, 대화라는 걸 나누어 보시는 게 어떨까요?"

"싫어요."

버터구리는 여전히 선물을 받으라며 모뗴에게 내밀며 말했어요.

"모뗴야, 이거 받아….."

달다구리는 버터구리의 선물을 들고 있는 손을 잡아 내리며, 말했어요.

"버터구리야, 상대가 원하지 않는데 주려는 건 폭력이야. 그러니까 주머니에 넣어 둬."

"넣어 둘 주머니가 없어서 그냥 줄 거야!"

"더 이상 집착하지 마. 집착은 사랑이 아니야. 상대가 필요로 하고, 원하는 걸 줘야만 사랑이지. 네가 주고 싶은 걸 주는 건 폭력일 뿐이야. 상대가 싫어하는 행동을 하는 건 사랑이 아니야. 싫어하지 않는 행동을 하는 게 사랑이지. 넌 모뗴가 걱정돼서 숨어서 지켜본 거겠지만, 모뗴가 원하지 않는 관심과 걱정도 모뗴가 느끼기에는 다 폭력일 뿐이야.

모떼가 꺼져 주길 바란다면 네가 그렇게 해 주는 게 사랑이야. 그러니까 이제 그만 가자! 넌 사랑이 뭔지 몰라, 버터구리야."

"사랑이 뭔데?"

"내가 생각하는 사랑은 말이지, 사랑하는 이의 행복을 바라는 거야. 그래서 사랑하는 대상이 기뻐하거나 행복해하는 모습을 보면, 자신은 더 큰 기쁨과 행복을 느끼는 것. 그게 사랑이라고 생각해."

"사랑이 아닌 건?"

"너처럼 자기가 주고 싶은 것만 주려 하고, 하고 싶은 말만 하는 건 사랑이 아니야! 그리고 집착이나 의심도 사랑이 아니야. 상대를 의심하고 집착하거나 쓸데없는 걱정, 간섭, 잔소리로 행복을 침해하는 건 단지 폭력일 뿐이니까. 사랑한다면 상대방을 구속해서 불행하게 만들려고 하지 않아."

달다구리의 말을 들은 버터구리가 말했어요.

"그런 식상한 이야기나 주머니에 넣어 둬! 이건 모떼에게 꼭 필요한 거니까 줘야겠어."

"선물을 줄 때는 온전히 주는 기쁨만 느껴야 해. 스스로 뭔가를 해 주고 있다고 느낀다면, 그건 사랑이 아니야. 내가 잘해 준다고 생각하며 해 주었다면, 그때는 '내가 이만큼 해 줬으니 너도 뭔가 보답이 있겠지.'라는 기대감이 따라가게 돼서 상처받게 될 거야. 하지만 진짜 사랑이라면 기대가 없기에 실망도 없어."

"무슨 말인지 알겠고, 난 그냥 줄 거야."

핑크구리는 둘의 대화를 지켜보다 궁금해졌는지 버터구리에게 물어보았어요.

"근데 주려는 게 뭐야?"

"내 마음이 담긴 꿈반지와 메시지야. 난 모떼의 모든 것을 다 지켜보고 관찰하면서 모떼에 관해서는 우주에서 가장 많이 아는 존재일 거야.

어쩌면 내가 모떼 자신보다도 모떼를 더 잘 알고 있을지도 몰라. 그래서 미래의 모떼가 과거의 모떼에게 전달하는 메시지가 아닐까 싶은 걸 발견해서 오랜 시간 노력해서 결국 풀어냈어. 아마도 괴물을 물리치는 방법인 것 같은데 첫 번째는 기다리지 말고 그냥 가라는 말이고, 두 번째는 깨달구리 님의 메시지가 있는 곳을 그려 둔 지도야."

"그런 걸 어떻게 네가 가지고 있어?"

"말했잖아…. 난 모떼를 사랑하니까. 모떼에 관한 모든 걸 다 알고 있다고."

"모든 걸 안다면서 정작 모떼의 마음은 조금도 모르는 것 같다. 상대를 잘 알고 있다는 착각은 관계를 악화시키는 핵심 재료 중에 하나야!"

"그래, 알겠어. 네가 시키는 대로 모떼를 사랑할 테니까 이제 그만 딴 데 가서 놀지 않을래?"

갑자기 핑크구리가 끼어들어 말했어요.

"똥깨구리는 인간을 사랑하면 안 돼! 내가 그동안 지구별을 관찰해 본 결과, 인간들은 언제부턴가 누구도 진심으로 사랑하지 않고 있어. 서로가 사랑이 아닌데 사랑이 아닌 걸 몰라서 항상 상처받고 괴로워해. 사랑은 원래 아프고 힘든 거라 위로하며 말이지. 차라리 그냥 사랑이 아닌 걸 인정하고, 단지 서로의 욕심으로 함께하고 있다는 걸 받아들이면 다툴 일도 없고, 더 편할 텐데 말이야. 심지어 인간들은 자신이 낳은 아이조차 사랑하지 않았어. 자신의 기대와 욕심으로 아이들을 볼 뿐이었지. 그게 얼마나 큰 폭력인지 인식조차 못 하고, 사랑이라 말하고 있었어. 지나친 간섭과 필요 이상의 걱정을 사랑이라 착각하며 상처를 주고 괴롭히기만 할 뿐. 버터구리 너는 고귀한 똥깨구리야. 누구도 온전히 사랑할 줄 모르는 인간을 사랑해선 안 돼!"

그 말을 들은 모떼가 화가 난 듯 언성을 높여 말했어요.

"어디서 그따위 인간들만 몇 명 골라 보고는 모든 인간이 다 그렇다는 식으로 말씀하시면 안 되죠!"

그러자 핑크구리가 고개를 저으며 말했습니다.

"몇 명만 골라 보지 않았어. 수많은 인간을 오랜 시간 쭉 지켜보았는데, 인간들 모두가 지나치게 이기적인 생명체들이라 오직 자기 자신밖에 모르고 자신의 이익만 따질 뿐이었어. 사랑하지도 않으면서, 사랑받고 싶어 했다고."

"그러는 똥깨구리들은 뭐가 다른데요?"

"나와 달다구리는 인간들과 달리 진짜 사랑을 냠냠 나눠 먹고 있어."

"어떻게 냠냠 나눠 먹고 있나요?"

둘은 주둥이를 쭉 내밀며 눈을 감고는, 끈적하게 주둥이 박치기를 하며 말했어요.

"아무리 의심스러워도 믿어 주는 게 사랑이라고 생각해서 항상 서로를 믿어. 그리고 상대방이 변하길 바라지 않고, 있는 그대로를 바라보며 존중하고 인정해 줘. 날 사랑한다면 이렇게 말하고 행동하지 않았으면 좋겠다.'라고 하는 건, 그의 있는 그대로를 사랑하지 않는다는 말이거든.

상대의 말과 행동이 마음에 들지 않으니 자신의 마음에 드는 방향으로 변해 주길 바란다면, 그건 그냥 기대고 욕심일 뿐이야. 상대방에 대한 욕심과 기대가 크면 큰 만큼 괴롭고, 적으면 적은 만큼 관계가 평화롭기 때문에 우리의 관계는 항상 평화로워. 우린 언제나 서로의 입장에서 먼저 생각해 보며, 모든 걸 이해하고 배려해 주거든."

　"두 분의 사랑은 비현실적이에요. 모든 똥깨구리들이 두 분처럼 사랑하는 게 아니듯, 모든 인간이 사랑하지 않는 게 아니라는 걸 아셨으면 좋겠네요."

　"인간들은 언제나 사랑 때문에 힘들고 아파해. 그건 사랑이 아니기 때문인데 말이야. 인간들은 사랑과 관심을 충분히 받지 못해서 발생한 결핍으로 외롭고 힘든 게 아니라, 진심으로 누군가를 사랑하고 있지 않아서 힘든 거라는 말을 꼭 해 주고 싶었어."

마음속 엔트로피는 언제나 증가 하는 방향으로만 설계되어 있어

모떼는 시간의 문을 가는 게 늦어지는 것 같아 마음이 급해져 서 말했어요.

"혹시 시간의 문이 어디 있는지 아시면 좀 알려 주실래요?"

둘은 한 번도 들어 본 적 없는 곳이라는 표정으로 고개를 갸우 뚱하며 말했습니다.

"그게 뭔데? 사랑 맛집이야? 사랑을 나눠 먹는 장소라면 우리 가 모를 리 없는데…"

버터구리가 알려 주려 했지만 모떼는 필요 없다며 똘똘구리에게 호출해 시간의 문을 못 찾겠으니 와서 알려 달라고 요청했고, 똘똘구리는 엉덩구리와 함께 모떼를 찾아와서 말했습니다.

"시간의 문은 여기서 5분만 쭉 걸어가면 있어. 근데 만약 시간의 문에 들어갔을 때 바닥에 시간의 화살이 꽂혀 있으면 절대로 만져서는 안 돼!"

"그게 뭔데요?"

"시간의 화살은 시간의 방향과 엔트로피의 방향이 같아서 시간은 엔트로피가 증가하는 방향으로만 흐르기 때문에 과거에서 미래로만 가는 시간의 비대칭성을 화살에 비유해서 표현한 말이야."

모떼가 이해를 못하는 것 같아 보이자, 엉덩구리가 끼어들어 말했어요.

"아무런 근심 걱정 없이 평온한 마음 상태를 유지하고 있다가 갑자기 누군가가 나를 공격하면, 평온했던 마음이 불편하고 복잡해져. 평온했던 마음의 질서가 흐트러지면서 무질서해지는 걸 엔트로피가 증가했다고 말해. 엔트로피는 무질서를 나타내는 척도거든. 엔트로피는 오직 증가하는 방향으로만 흘러가도록 설계되어 있어. 자연의 모든 변화는 항상 엔트로피가 증가하는 방향으로만 가기 때문에 우리는 아무리 건강 관리를 잘해도 진행되는 노화를 멈출 수 없고, 몸이 망가져 가며 아파하다 늙어 죽어야만 하는 존재인 거지. 이게 자연의 법칙이야. 그래서 마음은 결코 평온한 상태를 유지할 수 없어. 엔트로피는 계속 증가할 뿐이니까. 증가하는 방향에 따라 근심, 걱정, 불안 등이 계속 생겨날 수밖에 없는 거야."

"하지만 갈수록 기분이 나빠지기만 하진 않아요. 기쁘고, 행복한 시간도 있으니까요. 그건 엔트로피가 감소되었기 때문이잖아요."

"단지 마음만 놓고 보았을 때는 마음속 엔트로피가 감소된 건 맞아.

하지만 너와 너를 둘러싼 환경 전체를 놓고 보면, 전체 엔트로피는 증가했을 거야. 생각하는 능력이 있다면, 마음속 엔트로피를 감소시키는 능력도 함께 있다는 뜻이야. 그래야만 생명이 유지될 수 있거든. 하지만 생명은 혼자 존재할 수 없으니까 마음의 엔트로피가 감소된 만큼 주변 환경의 엔트로피는 늘어날 수밖에 없어. 물론 알아챌 수는 없겠지만 말이야. 암튼 마음속 엔트로피는 언제나 증가하는 방향으로만 설계되어 있기 때문에 명상이 필요한 거야. 자신의 감정 상태를 알아차리지 못하고 그냥 두면, 엔트로피 법칙에 따라 꼭 문제가 발생하거든."

"그건 그렇고 시간의 화살은 대체 누가 쏜 거고, 왜 만지면 안 되는 거죠?"

"그건 모든 분자의 움직임을 전부 알고 있는 맥스웰의 도깨구리가 쏜 화살이야. 아무런 에너지도 사용하지 않고, 엔트로피를 낮추는 게 가능한 존재거든. 혹시라도 도깨구리가 화살을 쏘기 전의 상태로 되돌려 버리면 위험하니까 만지지 말라는 거야."

"알겠으니까 빨리 데려다주기나 해요."

똘똘구리와 함께 시간의 문에 도착한 모떼가 문을 통과해 들어
가자 웜홀이 열렸고, 블랙홀 속으로 빨려 들어갔습니다.

모떼가 어딘가에 도착하니 깜깜해서 아무것도 보이지 않았어요. 그런데 갑자기 수많은 화면들이 모떼를 둘러싸면서 괴물을 만났을 때 벌어지는 미래의 모습이 담긴 각기 다른 영상들이 한참 동안 재생되더니, 모든 화면이 휙 사라지고 라플라스의 똥강아지가 나타나서 말했어요.

"내가 본 1,400만 605개의 미래 중에 오직 단 하나의 미래만이 네가 괴물을 물리치고 똥깨구리별과 지구별을 구하는 미래였어."

라플라스의 똥강아지는 우물처럼 생긴 화면을 건네며 들여다보라 했고, 화면 속의 영상을 목격한 모떼는 심각한 충격을 받고 바닥에 힘없이 주저앉고 말았습니다. 라플라스의 똥강아지가 말했어요.

"오직 이 방법밖에 없어. 하지만 이곳을 나가면 너는 이곳에서 본 장면을 모두 잊게 될 거야. 넌 이곳에 관한 그 어떤 기억도 가지고 나갈 수 없거든. 하지만 모떼 너 자신에게 메시지를 보낼 수 있는 기회를 줄게."

모떼는 세상을 구할 유일한 방법이 그것뿐이라는 걸 알지만, 모떼가 선택해야 할 미래의 모습이 너무도 끔찍해서 덜덜 떨며 눈물을 흘릴 뿐 아무것도 할 수 없었습니다.

한참 시간이 흐른 후, 모떼는 마음의 결정을 한 듯 자신에게 메시지를 보낼 시간과 방법을 고민하기 시작했어요. 하지만 메시지가 편지를 써서 보낼 수 있을 정도로 간단한 문제가 아니다 보니 암호화해서 메시지를 남겨도 자신이 그걸 알아볼 수 있을지 의문이었습니다.

결국 라플라스의 똥강아지가 가지고 있는 우물에다 메시지를 알아볼 가능성을 높이기 위해 과거·현재·미래의 자신에게까지 메시지를 던져 넣은 모떼는 시간의 문에 들어간 이후의 모든 기억을 까먹은 채로 똥깨구리 행성으로 돌아왔어요.

똘똘구리가 반갑게 인사하며 말했습니다.

"모떼, 반가워! 125시간 만이네!

라플라스의 똥강아지는 잘 만나고 왔어?"

방금 들어간 것 같은데 벌써 5일이라는 시간이 지났다는 사실에 당황한 모떼가 말했어요.

"아무것도 기억나지 않아요. 아무것도….."

똘똘구리는 환하게 웃으며 말했습니다.

"괜찮아! 무사히 나왔으니 된 거야.
 이제 괴물을 물리치러 가자!"

3. 어쩌면, 반드시 일어나야만 했던 일

우주에 아무런 이유 없이
일어나는 일은 하나도 없어

괴물을 만나러 가는 길은 모떼에게 아주 아름답게 느껴졌습니다. 날씨가 무척 따뜻하면서도 시원했어요. 이토록 화창하고 맑은 세계에 왕국을 파괴하고 있는 무시무시한 괴물이 살고 있다는 게 상상이 안 갔습니다. 그런데 갑자기 건너편에 어둠이 꿀꺽 삼킨 시커먼 마을이 보이자, 똘똘구리가 말했어요.

  "건너편 마을에 괴물이 살고 있어. 괴물은 오직 괴물을 만들어 낸 모떼 너만 상대할 수 있으니까 여기서부터는 혼자 가도록 해. 난 무서워서 안 갈 거야."

  모떼가 똘똘구리와 작별 인사를 하고 걸어가려 하자, 앞에 있던 방탄구리들이 모떼를 막아서며 소리를 질렀습니다.

  "더 이상 가까이 오면 안 돼! 괴물이 마을 밖으로 나올 걸 대비해서 여기서부터 괴물이 있는 마을까지는 전부 다 지뢰밭이야. 만약 실수로 지뢰 하나라도 밟았다간 큰일 나! 폭탄이 터져도 다치지 않는 특별한 몸으로 태어나서 여기 있을 수 있는 거야. 우리 말고 다른 누구도 가까이 오면 안 돼!"

그 말을 듣고 똘똘구리가 모떼에게 말했어요.

"내가 땡이뚱을 데리고 올게. 잠깐만 기다리고 있어."

그렇게 똘똘구리가 땡이뚱을 데리러 간 사이에 숨어서 지켜보던 버터구리가 다가와서 모떼에게 말했어요.

"모떼, 지난번에 주려던 건데 주지 못했어. 이걸 빨리 보는 게 좋을 것 같아."

버터구리가 건넨 건 조그만 철상자였어요. 철상자를 열어 보았더니 두 장의 종이와 하트 네잎 클로버로 만들어진 반지가 들어 있었습니다. 첫 번째 종이에는 '그냥 지금 당장 가!'라는 말밖에 쓰여 있지 않았고, 두 번째 종이에는 깨달구리의 위치가 표시된 지도가 그려져 있었어요.

"이게 뭐죠?"

"지난번에도 말했지만, 거기에 적힌 말과 지도는 네가 라플라스의 똥강아지를 만났을 때 남긴 중요한 메시지 같아서 꼭 봐야 한다고 생각했어. 그리고 반지는 내 마음이니 꼭 받아 줘! 매일 밤 악몽에 시달려서 잠도 제대로 못 잤잖아. 여기 와서까지 악몽 속 괴물 때문에 고생하는 모습을 볼 때마다 가슴이 찢어지게 아팠어.

그래서 우주에서 가장 예쁜 꿈을 모떼에게 선물하고 싶은 마음을 담아 꿈반지를 만들었어. 내가 인간의 꿈에 들어가서 꿈을 편집할 수 있는 특별한 능력이 있는 몽구리인 버터 몽구리라서 이런 것도 만들 수 있는 거야. 이 반지를 끼고 잠들면, 내가 너의 꿈에 관여하는 것에 동의하는 거고 맨날 예쁜 꿈만 꾸게 될 거야."

모떼는 괴물을 물리치고 와서 받겠다며, 지도와 반지가 담긴 철상자를 버터구리에게 돌려주고는 종이에 쓰여 있는 '그냥 지금 당장 가'라는 말대로 당장 지나갈 생각으로 방탄구리들에게 가서 말했습니다.

"난 똘똘구리와 땡이똥을 기다리지 않고 그냥 걸어갈 거예요. 그러니 지뢰의 위치를 알고 있는 당신들이 앞장서서 안내해 주세요."

방탄구리가 소리 질렀습니다.

"안 돼! 너무 위험해! 누구도 이곳을 걸어서 지나갈 수 없어. 폭탄이 터지면, 방탄피부를 가진 우리와는 다르게 넌 곧바로 죽게 된다고!"

모떼는 말을 듣지 않고 막무가내로 지뢰밭으로 걸어 들어갔어요. 방탄구리들이 모떼를 붙잡고 말렸지만, 모떼는 계속 앞으로 걸어 나갔습니다.

그때 모떼의 발아래로 딸까닥하는 소리가 들리며 '펑' 하고 지뢰가 터졌어요. 이후, '펑! 펑! 펑! 펑!' 연쇄적인 폭발이 이어졌습니다.

우주에 아무런 이유 없이 일어나는 일은 하나도 없어 · 105

　얼마나 많은 시간이 흘렀을까요. 의식을 잃고 삶과 죽음의 경계에서 방황하던 모떼가 다시 눈을 떴을 때는 온몸이 붕대에 칭칭 감겨 너덜너덜해진 모습으로 병원 침대에 누워 있는 자신의 모습이 보였어요. 그 모습이 조금도 현실감 없고 믿어지지 않아 한참을 멍하게 눈만 깜박이며 정신 못 차리고 있는 모떼에게 똥깨구리들이 다가와서 말했습니다.

"이제야 깨어나셨군요. 저희는 감사구리와 고맙구리입니다. 닥터구리의 말에 따르면, 위험한 상황을 기적처럼 모두 잘 넘기셔서 목숨에는 전혀 지장 없을 거랍니다. 근데 첫 폭발 때 지뢰를 밟은 모떼 님의 다리는 심각하게 파손되어서 없어졌고요. 이후 연쇄적인 폭발 때 버터구리 님이 아주 커다란 모습으로 변해서 모떼 님을 온몸으로 끌어안았어요. 그래서 지금 살아 계신 거예요."

"버터구리는 괜찮나요?"

"버터구리는 더 이상 이 세계에 존재하지 않습니다. 연쇄 폭발로부터 모떼 님을 구하느라 온몸이 조각나서 흔적도 없이 사라졌어요. 현장에서 찾은 버터구리의 유품인데, 모떼 님과 관련이 있는 것 같아서 가지고 왔습니다. 모떼 님이 지금 살아 계신 건 정말 기적입니다. 이런 기적 같은 축복에 감사하며 살아가셔야 해요!"

감사구리가 버터구리의 유품이라며 건네준 것은 버터구리가 모떼에게 주고 싶어 했던 철상자였어요.

철상자 안에 있던 지도는 멀쩡했지만, 꿈반지는 고장 나서 삐딱이가 몽구리들과 함께 고치려고 가져갔다고 했습니다.

"나는 시간의 문을 통과해 라플라스의 똥강아지를 만나러 갔었어요. 그때 나 자신에게 메시지를 남길 수 있었을 텐데 어째서 이런 끔찍한 사고를 막을 수 있는 메시지를 보내지 않았을까요? 버터구리는 내가 나 자신에게 보낸 메시지를 찾았다며, 지뢰밭을 그냥 걸어가라고 쓰여 있는 메시지와 깨달구리 님이 계신 위치가 나와 있는 지도를 보여 주었어요. 그게 지금 버터구리의 철상자 안에 들어 있는 거예요. 버터구리가 전해 준 메시지는 내가 나에게 보낸 게 아니었던 거죠."

"아니에요. 모떼 님은 사고가 나야만 했던 거예요. 이런 사고가 나야만 세상을 구할 수 있었기 때문이었겠죠. 그래서 이런 사고가 발생하는 상황을 만들기 위해 자신에게 메시지를 보냈던 거고, 그걸 버터구리가 찾아서 모떼 님에게 전달한 거예요. 버터구리가 죽는 것도 다 계산된 거예요. 그러니 모든 일이 모떼 님의 의도대로 된 것에 감사하셔야 해요."

"그럴 리가 없어요. 이런 끔찍한 상황을 내가 의도했을 리 없
잖아요! 나 때문에 버터구리가 죽었고, 나는 이제 걷지도 못하게
된 데다 화상으로 온몸이 흉측해졌어요. 내가 살던 세계로 멀쩡
하게 돌아갈 수도 없게 되었는데, 대체 어떻게 이런 상황에 감사
하라는 건가요?"

"지금 많이 아프겠지만, 살아 있지 않으면 아파할 수도 없어
요. 모떼 님이 아픈 건 살아 있기 때문이고, 살아 있다는 건 아직
할 일이 남아 있다는 거예요. 그러니 이런 끔찍한 상황에서도 모
떼 님이 무사히 살아 있고, 아직 해야 할 일이 있다는 사실에 감
사해야죠."

"그래서 당신은 무슨 일이 있건 항상 감사하기만 한가요? 끔찍
한 일이 벌어져도 세상에 불만 한번 가져 본 적 없이 항상 감사하
며 살고 있냐고요. 난 아직도 지금의 현실이 도무지 믿어지지 않
아요. 다시 시간을 과거로 되돌려 사고 나기 전으로 돌아가고 싶
어요. 내가 사고가 나기 전으로 돌아가서 사고를 막을 수 있게 도
와주세요!"

"되돌릴 수 없는 일에 힘들고 속상해하는 건 심각한 시간 낭비, 감정 소비일 뿐이에요. 그런 생각으로 아까운 에너지를 낭비하지 말고, 그 에너지를 유리한 상황으로 바꾸는 데 사용했으면 좋겠어요. 그렇게 할 수 있다면 지금이 배우고 성장하는 데 가장 좋은 기회가 될 수 있을 거예요."

모떼가 눈물을 흘리며 말했어요.

"난 지구별에서 온갖 트라우마가 가득한 상처투성이의 불행한 인간이었어요. 극단적인 생각도 자주 했었죠. 말도 안 되는 똥 깨구리 왕국의 초대장을 받고 생각했어요. 정말 이곳에 갈 수만 있다면, 잠시라도 불행한 현실에서 벗어날 수 있겠구나. 그리고 또 어쩌면 부모님을 만날 수도 있겠구나. 그런 간절함이 나를 이곳에 오게 했는데, 여기 와서 지구별에서보다 더 큰 상처를 받게 되었고 트라우마만 늘어났어요. 이럴 줄 알았으면 아예 오지 않는 건데…. 왜 나한테는 항상 이렇게 거지 같은 일만 생기는 걸까요? 이런 일이 일어나지 않았다면…."

모떼가 눈물을 쏟아 내며 말을 잇지 못하고 괴로워하자, 감사구리가 모떼의 눈물을 닦아 주며 말했습니다.

"이런 일이 일어나지 않았다면, 이라는 망상은 그만두고 일어난 사실을 모두 받아들이세요. 받아들이지 못하고 힘들어할수록 건강이나 상황은 더 악화될 뿐이에요. 빨리 받아들이고, 좋은 부분으로 시선을 바꿔야만 회복도 빨라지고 감사할 일도 생길 거예요. 억지로 감사하라는 게 아니에요. 억지로 하면 오히려 더 안 좋아요. 어렵겠지만, 좋은 부분에 생각을 집중하면 마음에서 우러나오는 감사를 할 수 있게 될 거예요. 모떼 님이 누군가에게 진심으로 감사하면, 감사를 받은 사람이 모떼 님의 편이 되어서 진심으로 응원하고 돕게 되는 것처럼, 우주에 진심으로 감사하면 우주가 모떼 님의 편이 되어 모떼 님을 진심으로 돕게 될 거예요."

감사구리는 울고 있는 모떼의 손을 잡고 하던 말을 계속했습니다.

"만약 누군가 모떼 님을 미워하고 화를 낸다면, 그 사람 편이 되어서 도움을 줄 수 있겠어요?

마찬가지예요. 세상을 원망하면 세상이 모떼 님을 돕겠어요? 누군가에게 진심을 담아 사랑의 행동을 하면, 보답을 바란 게 아님에도 불구하고 상대방은 보답하고 싶어질 거예요. 우주도 똑같아요. 우주의 모든 것에 감사하며 사랑해 주면, 우주는 아무런 보답 없이 모떼 님에게 끊임없는 사랑을 공급해 줄 거예요."

감사구리는 말을 멈추고, 모떼의 상태를 확인하듯 잠시 바라보다가 이어서 말했어요.

"그게 누구든 감사하는 마음을 잃게 되면, 그들은 서서히 멀어지게 될 거예요. 그러니 우주에 대한 감사의 마음을 꾸준하게 유지해야만 해요. 물론 세상이 한없이 불공평해 보이고, 아무리 노력해도 기회조차 주지 않는 것처럼 느껴질 때도 있을 거예요. 아무도 자신을 사랑해 주지 않는 것 같고, 진심으로 대하지 않는 것처럼 느껴질 때도 있을 거고요.

나라는 존재가 몹시 보잘것없고 쓸모없는 존재라고 느껴질 때도 있을 거예요. 하지만 그렇게 느껴지는 것뿐이지, 실제로 그런 게 아니라는 사실이 중요해요. 그렇게 느끼고 생각하기 때문에 그게 현실이 되는 것뿐이죠."

모떼가 눈물을 멈추고, 아무 말 없이 감사구리를 쳐다보자 감사구리도 하던 말을 멈추고 모떼와 조용히 눈을 마주쳤습니다. 한참을 그렇게 아무 말 없이 서로를 바라보며 평화로운 분위기가 병실을 가득 채워 갈 때쯤, 똥깨구리 한 마리가 개구리 모양의 캐리어를 끌고 들어왔어요.

"안녕? 난 패션구리야. 모떼가 나중에 퇴원하면 입을 옷을 몇 벌 만들어 왔어!"

패션구리는 개구리 모양의 캐리어를 열어 코스프레 의상 같은 옷들을 하나씩 꺼내어 보여 주었어요.

마술상자인 건지 작은 캐리어 안에서는 옷이 끝도 없이 나왔습니다. 패션구리가 보여 주는 옷에 모떼가 아무런 관심을 보이지 않자, 패션구리는 캐리어를 한참을 뒤적거리더니 드디어 찾았다는 표정으로 옷을 하나 꺼내 들며 말했어요.

"이건 모떼 네가 사고 나기 전에 입고 다니던 옷을 그대로 다시 만들어 본 건데, 어때?"

"색이 바뀌었네요. 차라리 까만색으로 해 주시면 더 좋았을 텐데…."

"검정색은 어둡고 부정적인 생각을 불러올 수도 있어서 안 돼! 그리고 옷의 색상은 너를 바라보는 사람들에게도 큰 영향을 끼쳐. 검은색 같은 어두운 컬러의 옷을 입고 있는 사람들 속에 있다면 암울해지는 이유가 그거야. 스트레스를 불러오는 색이거든."

"그럼 원래 색상대로 해 주시지."

"물론 원래 입던 핑크도 여러 효과가 있는 좋은 색이라서 다시 그대로 만들어 두었지! 하지만 이건 큰일을 하러 가는 모떼 너에게 가장 적합한 색을 엄선해서 고른 것이니 잘 입어 주면 좋겠다."

"컬러가 뭐가 중요하겠어요."

"모든 컬러는 색상마다 고유의 에너지와 파장이 있어서 어떤 컬러를 가까이하는지에 따라 너의 운명이 달라질 수도 있기 때문이지. 자연 속에 있을 때 가장 인간다워질 수 있듯, 자연 그대로의 색상은 너를 자연 속에 존재하는 것처럼 편안하게 하고 스트레스를 감소시켜 줄 거야."

"그럼 자연의 색으로 다시 만들어 오세요."

모떼가 기뻐할 거라 기대했던 패션구리가 모떼의 삐딱한 태도에 몹시 불쾌한 표정을 짓자, 감사구리가 패션구리에게 말했습니다.

"사소하더라도 불쾌한 일을 겪게 되면, 불쾌한 감정은 온갖 안좋은 일들을 다 불러오게 돼요. 그래서 안 좋은 일들은 언제나 연달아 일어나게 되어 있죠. 우주의 법칙이 그래요. 그러니 불쾌한 감정을 가지고 계시면 안 돼요. 모떼의 태도에 문제가 없는 건 아니지만, 그게 누구든 상대방의 단점에만 초점을 맞춘다면 상대방이 싫어질 거예요. 장점에만 초점을 맞추면 사랑하게 될 거고요. 너무 못된 아이여서 이곳에서의 이름이 모떼가 되었지만, 모떼는 못돼 처먹기만 한 게 아니에요. 그리고 지금 모떼의 상태를 보시면, 밝고 건강한 태도가 나오기 힘든 것도 이해하실 수 있을 거라 믿어요."

패션구리가 감사구리에게 말했어요.

"어떤 상황이든 억지로 장점을 만들어서라도 장점에만 초점을 맞추고 보면 사람이든 세상이든 다 사랑하게 되고 감사하게 되니까 결국 나도 보답을 받아서 행복해질 거란 말인가요?"

"감사하면 감사할수록 감사할 일들이 더 가득해질 거란 말이었어요. 뭐든 끼리끼리 노는 법이니까요. 똥깨구리들도 끼리끼리, 파동도 끼리끼리…. 그래서 감사가 내뿜는 파동은 오직 감사할 일만 불러오는 거죠. 모든 존재는 각기 다른 장점들이 있어요. 그런 다양한 장점들을 찾아서 끊임없이 칭찬해 주고 존재 자체를 진심으로 감사하며 소중히 대해 준다면 그게 누구든 무엇이든 당신도 똑같은 대접을 받게 될 거예요. 사람이든 물건이든 음식이든 서비스든 식물이든 풍경이든 그게 뭐든 간에 먼저 감사의 파동을 보내 보세요. 그리고 그 파동이 어떻게 되돌아오는지를 느껴 보세요."

감사구리의 말을 들은 패션구리는 모떼에게 감사의 파동을 보내기 시작했어요. 효과가 전혀 없을 것으로 보였던 모떼였지만, 나름의 효과가 있었던 건지 퇴원하면 주신 옷들을 잘 입겠다며 패션구리에게 감사를 전했고, 패션구리는 모떼가 잘 입어 준다는 말에 몹시 흡족한 표정을 지으며 돌아갔습니다.

감사하면,
모든 걸 다 가질 수 있어

다음 날 아침에도 어김없이 감사구리와 고맙구리가 모떼를 문병 왔어요. 그들은 오늘도 모떼에게 감사하라는 말을 하기 시작했습니다. 모떼는 여전히 뭘 감사하라는 건지 모르겠다는 듯 말했어요.

"사고가 난 것에 감사하라고요?"

"아뇨. 모떼 님은 결코 사고 난 걸 감사할 수 없을 거예요. 감사하게 받아들인다면 거짓말이겠죠. 그런 건 감사할 필요가 없어요. 하지만 사고에도 불구하고 모떼 님은 여전히 이렇게 살아 있고, 모떼 님을 위해 문병 오는 많은 똥깨구리들에게 감사할 수 있죠. 갖지 못한 것들은 생각하지 말아요. 지금 현재 가진 많은 것들에 관심을 집중하세요. 감사하지 못하면, 생각이 일정한 틀 안에 갇혀 버려서 넓고 자유롭게 생각할 수 없어요. 지금의 끔찍한 상황에서 탈출하려면 우선 감사할 수 있어야만 해요."

"난 완전히 망했어요…."

"부정적인 생각에만 집중하지 말아요."

"난 부정적으로 생각하는 게 아니에요. 지금 이 끔찍한 상황을 좀 보세요! 난 지금의 상황을 있는 그대로 보고 현실적인 판단을 하는 것뿐이라고요!"

"아뇨. 이번 사고의 부정적이고 나쁜 쪽만 집중해서 바라보고 생각하고 있잖아요."

"좋은 쪽이 없으니까…. 좋은 일에만 집중해서 감사할 만한 부분을 하나도 찾을 수가 없으니까요. 이런 최악의 상황에서 대체 내가 뭘 감사할 수 있겠어요!"

"최악의 상황이니까 감사가 더 절실히 필요한 거죠. 이런 상황을 극복할 수 있게 해 주는 건 오직 감사뿐이니까요. 이미 일어난 일은 어쩔 수 없어요. 일단 받아들이고, 지금의 상황으로부터 많은 걸 배우고 감사해야만 성장할 수 있어요."

"똘똘구리를 기다렸다가 땡이똥을 타고 날아갔어야 했는데…. 대체 난 무슨 생각으로 지뢰밭으로 걸어 들어간 걸까요? 너무 후회되고, 나 자신이 미치도록 원망스러워요."

"어쩔 수 없었어요. 일어나야만 하는 일이었어요. 일어날 일이 일어난 것에 우리가 할 수 있는 건 오직 모든 걸 온전히 받아들이고, 주어진 모든 상황에 만족하고 감사하는 것 말고는 없어요."

"이렇게 되는 게 나의 운명이었단 말인가요? 나의 모든 미래는 이미 다 정해져 있었으니까 내가 할 수 있는 건 단지 그저 이런 끔찍한 상황에 만족하고 감사하는 거라고요?"

"네, 우주에는 몇 년도 몇 월 몇 시에 누가 태어날지까지 다 미리 정해져 있어요. 모두 정해진 설정값이 입력된 각각의 유전자 코드를 가지고 태어나기 때문에 태어난 시각이나 별자리만 봐도 그의 기본 설정값 정도는 쉽게 파악할 수 있죠.

한 명의 인간은 가장 확률이 높고 예측 가능한 미래로 쭉 연결되는 게 기본 설정이랍니다. 하지만 그의 무의식 속에 어떤 생각이 박혀 있고, 주로 어떤 생각을 하고 있는지가 변수로 작용하기 때문에 무의식 속의 생각들을 기준으로 확률이 정해져요. 물론 셀 수 없이 많은 변수의 세계 또한 이미 존재하고 있구요."

"정해진 설정값대로 살다가 죽는다는 건, 난 정해진 각본대로 고민하고 선택하는 것뿐이고, 일어날 일은 모두 다 정해진 대로 일어나는 것뿐이니 나에겐 아무런 자유의지가 없다는 거네요?"

"인간의 모든 미래는 이미 결정돼서 존재하고 있어서 인간들에게는 새로운 미래를 선택할 수 있는 자유의지란 존재하지 않다고 볼 수도 있지만, 정해진 미래가 하나가 아니라 셀 수 없이 많기 때문에 매 순간 각자의 생각과 선택에 따라 연결되어 살아가는 세계가 달라지니까 자유의지가 있다고 볼 수 있죠."

모떼는 여전히 이해할 수 없다는 표정으로 머리를 감싸 쥐며 말했어요.

"깨어나기 전에 꿈을 꾸었어요. 꿈에서는 건강한 모습으로 돌아다니고 있었는데…. 그게 현실이고, 지금 악몽을 꾸고 있는 것 같아요. 제발 여기가 꿈속이라고 말해 주세요!"

"어떤 꿈을 꾸든, 꿈 안에서는 모두 현실이에요.

지금 이곳이 어쩌면 모떼 님의 꿈일 수도 있고, 저희는 꿈속의 등장인물들에 불과할지도 몰라요. 저희가 모떼 님의 꿈속에 사는 존재라는 걸 인식하지 못하고 있을 뿐인지도 모르죠. 존재하는 모든 세계가 다 꿈이고 허상인 것도 맞지만, 그 안에서는 모두 현실인 것도 어쩔 수 없는 사실이에요."

모떼는 손으로 귀를 막고 괴로워했지만, 감사구리는 계속 말했어요.

"지구별에서 큰 사고를 당했거나, 잠시 의식을 잃게 되었거나 꿈을 꾸었다거나 하는 등의 다양한 이유로 평행세계를 다녀오게 된 사람들이 가끔 있어요. 그렇게 이미 존재하고 있는 미래의 평행세계를 보고 돌아온 사람들이 예언자라 불리기도 했죠. 그들은 지구의 종말을 보기도 했어요. 인간이 미래라고 말하는 세상은 현재와 동시에 존재하는 세계이기 때문에 미래를 보았다는 건 맞는 말일 거예요. 하지만 그가 본 미래는 누군가에게는 맞고, 누군가에게는 틀릴 거예요. 이미 존재하는 수많은 미래 중에 사람마다 연결될 미래는 각자 다르기 때문이죠. 그래서 어느 세계에선 맞는 예언이겠지만, 나머지 다른 세계들에선 완전히 틀린 예언이 되는 거죠."

감사구리가 무슨 말을 하든 모떼는 계속 울면서 괴로워할 뿐이었습니다.

"대체 왜 나한테 이렇게 끔찍한 일이 발생한 걸까? 왜 하필 나야? 왜 나인 거지? 대체 왜 날 여기러 오게 한 거야? 대체 왜 나였냐고!"

감사구리가 울부짖는 모떼를 토닥토닥하며 말했습니다.

"어떤 사고가 났든 그런 사고가 발생한 데는 다 이유가 있어요. 사고가 당장은 단지 나쁘고 끔찍한 일로만 보이고, 되돌리고 싶은 생각뿐이겠지만, 그런 사고들이 좋은 일인지 나쁜 일인지는 시간이 좀 더 지나면 알 수 있을 거예요."

"버터구리가 나 때문에 죽었고, 나의 외모는 흉측해졌어요. 거기다 양쪽 다리까지 없어져 버렸는데…. 이렇게 끔찍한 일이 어떻게 나중에 좋은 일이 될 수 있겠어요!"

"지금은 모르겠지만, 시간이 지나면 분명 알게 될 거예요. 모떼 님은 지금부터 이 사고 안에 숨어 있는 보이지 않는 메시지를 꼭 찾으셔야만 해요. 사고가 발생하지 않았다면 만나지 못할 누군가를 만나게 되고, 알지 못할 무언가를 알게 되면서 앞으로 모든 게 달라질 거예요. 그러니 지금부터 감사하는 마음을 가지도록 하세요."

모떼가 갑자기 성을 내며 말했어요.

"이름부터 감사구리면서 어떻게 하나도 감사하지 않은 말들만 계속하고 있는 거죠? 공감 능력이 아주 조금도 없나 봐요! 이런 상황에 어떻게 감사를 시작하라는 거예요? 위로는 못 할망정 감사하란 말 좀 제발 그만해 주세요!"

"다른 방법은 없으니까요."

"이 일이 당신에게 벌어진 일이 아니라고 그렇게 쉽게 말하지 마요. 나를 이해하는 척 공감하는 척하면서 위로한다고 던지는 말들이 나에게 얼마나 폭력적인지 생각 안 해 봤어요?

모든 일은 상대적이라서 당신에겐 별것 아닌 사고일지 몰라도 나에게는 몹시 끔찍한 일이라고요. 당신이 하는 말들은 도움이 되기보단 나를 더 힘들게 할 뿐이니 그만 나가 주세요."

모떼가 그만 떠들고 나가 달라고 했음에도 감사구리는 정말 공감 능력이 부족해서 그런 것인지 머리가 좀 모자란 것인지 안 나가고 계속 떠들어 댔어요.

"모떼 님 때문에 버터구리가 죽었지만, 그래도 모떼 님은 여전히 사랑받을 자격이 있고, 행복할 권리가 있어요. 버터구리는 어쩌면 모떼 님을 사랑하기 위해 태어난 건지도 몰라요. 모떼 님을 사랑할 수 있어서 행복하고 감사했을 거예요. 자신에게 주어진 역할을 모두 마치고 떠날 때가 되어 떠난 것뿐이니, 너무 속상해하지 말아요."

"감사하면 뭐가 달라지는데요? 죽은 버터구리가 살아나고, 망가진 내 몸이 다시 원래대로 돌아오기라도 하나요? 아무것도 달라질 거 없잖아요!"

"모든 게 달라질 거예요. 자신이 가지지 못한 것들을 아쉬워하면 그것들을 영원히 가질 수 없게 되지만, 이미 가지고 있는 것들에 감사하면 모든 걸 다 가질 수 있게 될 거예요. 모떼 님은 여전히 살아 있고, 가진 게 많아요. 잃은 것들을 생각하며 슬픔에 빠져 삶을 쓸모없이 낭비하지 말고, 여전히 가진 것들에 감사해야만 잃거나 없는 것들보다 더 크고 소중한 것들을 가질 수 있답니다. 상대방의 있는 그대로의 모습을 사랑해 주는 게 진짜 사랑이듯 자기 자신에 대한 사랑도 똑같아요. 지금의 자신을 온전히 받아들이고 모든 부분에 진심으로 만족하고 감사할 수 있다면, 더는 나아질 게 없어 보이는 삶이라도 이미 가장 성공한 삶과 다를 바가 없어요. 감사는 언제나 가장 성공적인 삶과 연결 고리를 만들어 주거든요."

"감사의 치유 효과를 통해서 내가 다시 회복할 수도 있다고요?"

"네…. 믿기만 한다면요. 하지만 그 모든 게 불가능하다는 믿음이 아주 살짝이라도 남아 있다면, 아무것도 할 수가 없어요.

불가능하다고 믿는 모든 게 다 가능하다는 사실을 깨닫지 못하면, 다시 회복한 후에 괴물을 물리쳐서 세상을 구할 수 없어요. 모떼 님의 엄청난 능력들은 얼마나 감사하는지에 따라 사용할 수 있는 범위와 한계가 달라져요. 아무리 극단적으로 불행한 상황이어도 여전히 가지고 있고 존재하는 것들에 감사하지 못한다면, 그마저도 모조리 다 잃게 될 거예요. 하지만 어떤 상황에서도 감사할 수 있다면, 원하는 모든 걸 다 가질 수 있고 이룰 수 있을 거예요.

모떼 님은 이미 필요한 모든 능력을 다 가지고 있어요. 아무것도 할 수 없다는 생각과 불가능하다는 믿음이 능력을 제한하고 있을 뿐이에요. 제한을 풀게 되면 치유 능력을 사용해 몸도 빠르게 회복할 수 있을 거예요.

먼저 자신의 가치와 능력을 인정하는 것부터 시작하세요. 자신의 가치를 인정하고 능력의 한계를 결정할 수 있는 건 오직 자신뿐이니까요. 인정해 주지 않으면, 모떼 님의 어마어마한 능력들이 모떼 님을 떠나갈 수밖에 없어요. 사람이든 돈이든 그게 뭐든 가치를 인정해 주지 않으면, 결국 자신의 가치를 인정해 주는 사람에게 가 버리는 것처럼 능력도 똑같아요.

우선 자신의 존재 자체를 감사히 여기는 것에서 시작하고, 그게 뭐든 자신이 할 수 있고, 누릴 수 있는 모든 것들에 감사해야 해요. 우리는 모두 사랑하고 감사하는 법을 깨달아 행복하기 위해 태어난 존재들이에요."

모떼는 여전히 괴로운 표정으로 아무 말도 하지 않고 있었습니다. 누가 무슨 말을 하든 모떼의 귀에는 아무 말도 들어가지 않을 상태였음에도, 잠깐의 침묵을 깨고 고맙구리가 말했어요. 감사구리는 존댓말을 했는데 고맙구리는 반말을 했답니다.

"걱정이란 곧 다가올 미래에 안 좋은 일이 생길 거라 짐작하는 거야. 안 좋은 생각은 안 좋은 일이 발생한 미래와 연결 짓게 만들어. 불길한 생각은 그대로 현실을 창조할 거야. 그러니 모떼야, 이제 아무 걱정하지 말고 감사를 시작해 보자. 우주의 모든 것들에 다 감사하면, 온 우주를 다 네 편으로 만들 수 있어. 감사로 너의 편이 된 온 우주가 간절히 원하는 모든 것들이 다 이루어질 때까지 너를 도와줄 거야."

모떼는 여전히 기분이 안 좋은지 다시 화를 내기 시작했어요.

"그럼 당신들의 감사 효과로 나를 회복시켜 주고, 괴물도 처리하면 되겠네요! 원하는 모든 게 이루어지도록 온 우주가 당신들을 돕고 있는데 왜 여태 괴물 하나 처리 못 한 거죠?"

"각자 역할이 따로 있는 것뿐이야. 지금 우리의 역할은 이렇게 너의 귀에 딱지가 생길 때까지 감사하라 말하는 거고, 괴물과 싸우는 건 모떼 너만이 할 수 있는 일이야. 넌 감사함으로써 우주의 도움을 받아 너만 할 수 있는 일을 해야만 하는 거고, 방법은 오직 진심으로 감사하는 것뿐이야."

고맙구리도 감사구리와 마찬가지로 모떼가 듣거나 말거나 계속 말했어요.

"네가 원하는 일들이 실제로 일어난 듯 느끼고 상상하면서 최선을 다해 감사하고 노력하면 뭐든 해낼 수 있어. 믿고 노력하지 않으면 온 우주가 정성을 다해 너를 도와도 넌 아무것도 이룰 수 없어.

그리고 자신 스스로가 대단한 존재라는 걸 인정하고 높게 평가하면서 진심으로 감사해야 해. 그렇게 하면 온 우주가 너를 높게 평가해 줄 거야. 하지만 지금처럼 자신을 낮게 평가하면 누구도 널 인정해 주지 않고, 네가 아무리 발악을 해도 우주는 너를 돕지 않을 거야. 우주가 돕는 걸 '운'이라고 말해. 그런 행운이 너의 편이 아니라면, 넌 아무리 노력해도 아무것도 할 수 없어."

모떼는 말을 전혀 듣지 않았는지 계속 혼잣말을 반복적으로 중얼거렸어요.

"왜 이런 일이 나에게 생긴 걸까? 제발 사고 나기 전으로 돌아가서 바꾸고 싶어."

사람이 이런 상태면 조용히 배려해 주는 게 더 좋을 것 같은데, 고맙구리는 모떼의 혼잣말에 답변하듯 듣지도 않을 모떼에게 계속해서 말했어요.

"너는 이미 다쳤고 과거로 가서 바꿀 수 없으니, 그런 생각은 그만둬. 정해진 수명이 끝날 때까지 넌 이렇게 살아야 해.

되돌릴 방법은 절대 없어. 과거로 돌아가 다치지 않은 너에게 경고해서 사고를 막게 되면, 사고가 발생하지 않은 세계에서 살아가는 건 사고가 발생하지 않은 평행세계의 다른 너일 뿐 지금의 너가 아니야. 지금의 너는 과거의 사건이 있기에 존재하는 거니까. 사고 난 현재의 너가 없다면, 사고를 막으러 가는 너도 존재할 수 없는 거지. 네가 과거로 가서 사고를 막으려면, 사고가 발생한 네가 존재해야만 가능한 거야. 결국, 넌 사고를 막을 수 없어. 발생할 일들은 발생할 수밖에 없는 거고, 되돌릴 수 없다는 말이야."

　　모떼가 감탄하며 말했어요.

　　"와…. 뭐 그런 개떡 같은 소리를 그렇게 진지하게 하죠?"

　　"개떡 같은 소리라니…. 모떼야, 지금 너의 처지는 이해하지만 말버릇은 좀 고치자. 아무 생각 없이 하는 말들이 모든 현실을 만드니까. 깨끗한 말은 깨끗한 세상을 만들고, 따뜻한 말은 따뜻한 세상을 불러온단다. 피곤하다고 말하면 사는 게 더 피곤해지고, 감사하다 말하면 삶의 모든 것들이 감사해지기 시작할 거야."

"난 여기 사는 똥깨구리들과는 달라요! 내 말버릇이 어떻건 간섭하지 말아 주세요!"

"넌 우리와 다르지 않아. 우리는 모두 같은 존재니까. 너의 모습이 앞으로 어떻게 변형되어 어떤 세상에 다시 등장할지 모르겠지만, 본질적으로 우리는 모두 같은 존재야. 똑같이 이 세계의 일부고, 서로가 서로에게 영향을 미치는 작지만 큰 존재들이야. 네가 어디서 뭘 하든 우주 전체에 큰 영향을 미치듯 우리 하나하나가 너의 세계에 큰 영향을 미쳐. 네가 여기에 와서 이렇게 병실에 누워 있게 된 것도 너의 어린 시절 사소한 못된 짓 때문이었다는 걸 벌써 잊은 건 아니겠지? 어린 시절의 그 사건이 트라우마로 남아 지금까지도 악몽에서 벗어나지 못하고 있잖아. 그것처럼 너의 사소한 말 한마디가 너의 삶뿐만 아니라 우주의 생태계를 완전히 변화시켜 버리기도 해. 그러니까 앞으로 말은 곱게 하도록 하자."

미리 감사했더니
하늘에서 과자가 떨어졌어

고맙구리와 감사구리가 진심을 담아 해 주는 모든 말들이 소음처럼 들리기만 했던 모떼였지만, 어느 순간 매일같이 찾아오는 그들에게 자신도 모르게 조금씩 마음을 열어 가면서 그들의 모든 말들이 더 이상 소음이 아닌 따뜻한 언어로 다가왔습니다. 모떼는 그들의 이야기를 주의 깊게 듣고 감사를 실천하기 시작했어요. 감사할수록 건강은 빠르게 회복되어서, 모떼는 전신에 두르고 있던 붕대로부터 벗어날 수 있었습니다. 하지만 거울을 통해 보이는 자신의 모습을 볼 때마다 슬픔이 밀려오는 건 어쩔 수 없었어요. 어느 날 냠냠구리와 쩝쩝구리가 과자를 들고 문병 왔어요. 당연히 모떼 먹으라고 들고 온 줄 알았는데 쩝쩝구리는 오자마자 소파에 앉아 혼자서 쩝쩝거리며 과자를 까먹었고, 냠냠구리도 과자봉지를 뜯어 과자를 입에 넣고는 냠냠거리며, 얼굴의 흉터를 보고 슬픈 표정을 짓고 있던 모떼에게 말했어요.

"외모에 신경 쓰면 쓸수록 더 마음에 안 들고 스트레스받아서 외모가 더 못생겨질 거야. 어디가 좀 못생겨 보이든 머리가 다 벗어졌든 신경을 안 쓰면 아무런 문제가 아니지만, 네가 문제라고 생각하면 그때부터 문제가 되고, 신경 쓸수록 문제가 심각해지는 것뿐이야. 냠냠.

세상 모든 문제는 관심을 끄는 순간 사라져 버리는 별것 아닌 것들에 불과하니, 신경 끄고 살면 참 편해. 냠냠."

"이 흉터들은 단순히 신경 끄고 넘어갈 정도가 아니라서요."

"그래. 그럼 계속 신경 쓰고 힘들게 살아! 너의 선택이 그렇다면 어쩔 수 없네. 죽을 때까지 너의 흉터들을 보면서 자신의 모습을 혐오하고 저주하면서 살아야지. 냠냠.

더 불행하게 살고 싶다면, 외모에서 마음에 안 드는 부분들을 찾아서 계속 신경 쓰면서 힘들어하는 것처럼, 삶의 모든 부분에서 계속 마음에 들지 않는 부분을 찾고 발견하려 노력하면 돼. 그렇게 할수록 모든 상황이 다 나빠지고, 세상 모든 게 다 싫어질 거야. 현실을 지옥으로 바꾸는 아주 훌륭한 방법이니까. 냠냠냠냠."

"냠냠거리는 거 너무 거슬리니까 악담하러 온 거면 그냥 돌아가 주세요. 그런 말 듣지 않아도 나는 지금 충분히 아파요. 나도 과자 먹고 싶은데 주지도 않고…. 빨리 나가 주세요!"

냠냠구리와 대화 중에 고맙구리와 감사구리 커플이 손을 꼭 붙잡고 문병을 오자, 냠냠구리는 쩝쩝구리의 손을 잡고 자리를 떠나며 말했어요.

"난 악담을 하러 온 게 아니야. 세상 모든 걸 있는 그대로 온전히 보면, 기쁨도 고통도 모두 다 너의 선택일 뿐이라는 말을 하고 싶었던 것뿐이야! 그럼 이만 난 가 볼게, 냠냠."

냠냠구리와 쩝쩝구리는 모떼도 과자 좋아하고 잘 먹는다고 말했음에도 한 입도 안 주고 그냥 가 버렸고, 고맙구리는 문병 와준 냠냠구리와 쩝쩝구리에게 감사를 전했는지 물었어요. 모떼는 그들이 과자를 한 입도 안 줘서 감사할 게 하나도 없다고 답했고, 고맙구리는 자신과 주변에 존재하는 모든 것들을 소중하게 생각하는 게 감사의 기본이라 말했어요. 그리고 다가올 날들에 대해 감사도 미리미리 충분히 하고 있는지를 물었지만, 모떼는 당연히 안 했다고 답했어요. 그러자 고맙구리는 미리 감사하는 것의 중요성에 대한 이야기를 하기 시작했습니다.

"감사는 원했던 좋은 결과나 기분 좋고 행복한 일들을 기다렸다가 하는 게 아니야. 그전에 먼저 미리 해야만 해. 감사도 타이밍이 중요하거든. 어떤 일의 결과를 보고 감사를 할 생각이라면, 원하는 결과가 안 생길 수도 있어. 하지만 결과 발생 전에 미리 진심으로 감사하면 원하는 결과가 뒤따르게 되어 있어."

"김칫국부터 미리 꿀꺽꿀꺽 마시면서 반찬 삼아 미리 감사부터 하면 김칫국 효과가 발생한다는 이야기인가요?"

"김칫국을 마실 때는 정말 원하는 결과가 일어난 걸 생생하게 떠올리면서 그때의 감정을 현재 진짜로 일어난 일이라고 느끼며 마셔야 해. 김칫국 맛이 진짜로 느껴지지 않는다면, 너에게 그런 미래가 애초에 존재하지 않는 거야. 우리는 존재하지도 않는 미래로 연결될 수 없어. 맛이 안 느껴지면 어떤 결과가 발생하든 마음 편히 받아들이도록 해. 하지만 맛이 느껴진다면 맛있게 목 넘김까지 생생하게 느끼면서 꿀꺽꿀꺽 냠냠냠 핥아 먹고 맛있음에 진심으로 깊이 감사하면 돼. 그래서 감사는 언제나 미리미리 하는 거야. 미리 감사해야만 감사할 일들이 잔뜩 생기니까.

미리 감사를 표현하면 감사의 파동은 고유한 형태를 가지고 감사할 수 있는 상황들을 끌어오기 시작해. 감사는 기적을 불러와서 불가능해 보이는 모든 것을 다 가능하게 만드는 마법의 주문 같은 거야. 세상에 존재하는 모든 건 고유의 파동이 있고, 가장 강력한 파동을 뿜어내는 게 감사야. 감사의 파동은 너를 변화시키고, 너의 주변 환경과 사람들을 좋은 방향으로 변화시킬 거야."

"알아요. 물에다 감사라는 단어를 말하고 얼리고 현미경으로 보았더니 아름다운 모양이었고, 상처나 분노라는 단어를 말하고 얼려서 현미경으로 보니 끔찍한 모양이었다는 연구에 관한 책을 본 적 있어요. 말 한마디로 물의 형태가 그렇게 변할 정도이니, 항상 감사하며 살면 나와 주변 환경이 어떻게 변하겠냐는 내용의 책이었어요. 그런데요, 감사라는 게 생각만큼 쉽지가 않아요. 사는 건 힘들고, 여유는 항상 부족하고, 사람들 속에서 상처받지 않고 사는 건 불가능하니까요."

"그래서 감사가 절실하게 필요한 거야. 그런 건 전부 감사하지 않아서 발생하는 현상들이니까."

"어떤 상황이든 감사 필터를 거쳐서 해석할 수 있다면 좋은 일들이 가득해진다는 건 인정해요. 분명 그렇게 될 거예요. 감사하면 할수록 감사할 일들이 계속 더 많아지고 모든 상황이 더 좋아지겠죠. 하지만 감사하며 살겠다고 마음먹어도 상처 주는 사람을 만나거나 끔찍한 상황이 발생하면, 곧바로 감사하며 살겠다고 다짐했던 걸 까먹어 버릴 거예요."

"그럼 매일 꾸준히 쓰겠다고 자신과 약속하고 감사 노트를 쓰기 시작해 봐! 매일 하루도 거르지 않고 꾸준히 쓰다 보면 네가 꿈꾸던 삶 속에 들어와 있게 될 거야. 미리 감사하면 어떤 일이 일어나는지, 모떼가 먹고 싶어 하는 과자부터 실험해 보자."

고맙구리의 말대로 모떼는 과자를 주어서 고맙다고 미리 감사했고, 며칠 뒤 힘내라는 응원의 메시지와 함께 과자 한 박스가 풍선에 실려 모떼에게 배송되었어요. 한 번도 만나 본 적 없는 까까구리가 모떼에게 풍선 택배로 보낸 것이었어요. 박스 안에는 문병 가고 싶지만, 쿠키 행성에 출장 중이라 갈 시간이 없다는 편지도 들어 있었고요. 모떼는 미리 감사하기의 효과를 입과 위장으로 맛있게 느끼며 과자를 하나씩 까먹었습니다.

긍정 폭탄을 피하지 못해
세뇌당해 버렸어

삐딱이와 함께 매일같이 많은 똥깨구리들이 문병을 왔어요. 과학구리와 물리구리도 자주 찾아와서 많은 이야기를 해 주었습니다. 독서구리도 지구별의 다양한 책들을 구해서 읽으라고 가져다주었어요. 긍정구리는 매일같이 긍정 폭탄을 마구 퍼부어 대고는 호다닥 도망갔습니다. 병실에 누워 있어야만 했던 모떼는 긍정 폭탄을 피하지 못하고 매일 맞다 보니, 자신도 모르는 사이에 무의식의 설정값이 조금씩 변해 갔습니다. 마음먹고 의식적으로 뭘 하려 해도 얼마 가지 못해 쉽게 포기해 버리고 또 긍정적으로 생각하다가도 금세 어두운 생각들로 바꾸어 버리기를 반복했던 모떼였지만, 의식의 2만 배 이상 파워가 센 무의식의 설정값이 바뀌어 갈수록 이전과는 완전히 다른 사람으로 변해 갔어요.

　같은 병원에서 치료받던 도리구리는 모떼가 감사 일기를 다 쓰
고 자려고 할 때쯤이면 항상 찾아와서 모떼의 침대 옆에 매트를
깔고 잘자구리와 함께 잠들었습니다. 잘자구리는 우주 어딘가에
실제로 존재하지만 어디인지 알 수 없는 거대한 행성에 소원을
들어주는 전설의 꿈강아지가 살고 있다는 이야기를 들려주었어
요. 흰 털에 귀만 회색인 평범한 모습의 꿈강아지를 만날 수 있는
유일한 방법은 깊은 잠에 빠져 꿈의 세계로 가는 것뿐이라고 했
습니다.

꿈강아지는 항상 선물을 들고 나타나는데 선물 상자 안에는 간절히 바라던 것이 들어 있고, 꿈꾸는 모든 것을 이루어 주거나 꿈이 없으면 예쁜 꿈을 선물로 준다고 했어요. 만나면 꿈이 이루어진다는 꿈강아지의 전설을 믿는 똥깨구리들은 잠들기 전에 항상 꿈강아지를 만나길 바란다는 인사를 하고 잠든다며 모떼에게 말했어요.

"매일 잠들기 전에는 무조건 좋은 생각만 해야 하고, 바라는 게 있으면 미리 감사하며 잠들어야 해. 그게 전설의 꿈강아지를 만나 원하는 모든 걸 가질 수 있는 가장 확실한 방법이니까! 잘 자, 모떼야. 사랑해! 이따 꿈에서 꿈강아지와 함께 만나자!"

모떼는 잘자구리의 말대로 잠들기 전에 바라는 모든 일을 마치 실제로 일어난 것처럼 상상하고 느끼며 다가올 미래의 모든 일에 진심으로 감사했어요 모떼는 단 하루도 거르지 않고 열심히 감사할 것들을 적어 가며 감사하고 또 감사했습니다. 그렇게 모떼는 놀라울 정도로 빠르게 치유되어 건강을 되찾게 되었어요. 여전히 화상으로 인한 심각한 상처 자국들은 완전히 사라지지 않았고 걸을 수 없었지만, 모떼의 밝은 모습으로 인해 사고 이전보다 더 건강해 보일 정도였습니다.

추운 곳에 살기 때문에 따뜻한 온열 하트를 항상 품고 다니는 긍정구리는 아주 멀리에 살면서도 매일같이 모떼를 찾아와서 많은 말을 들려주었어요.

"무한 긍정이 처음에는 입맛에 좀 안 맞더라도 계속 반복해서 후루룩 짭짭 먹다 보면, 언젠가 중독돼. 주변에 발생한 모든 좋은 일들에 오지랖 넓게 축복을 잔뜩 뿌리고 다니면 다닐수록 너와 주변 모든 상황이 다 좋게만 변해 갈 거야."

"네, 정말 그런 것 같아요."

"네가 하는 생각들이 어떤 미래로 데려갈지를 결정해. 이미 결말이 정해져서 존재하고 있는 다양한 미래의 세계 중에 우리가 어느 세계로 연결되어 삶을 이어 갈지를 결정하는 건 너의 말과 생각이야. 현재 상황에서 네가 원하는 최고의 상황으로 이동하고 싶다면, 그런 말과 생각만 해야 해. 조금의 의심도 없이 그렇게 될 거라 믿고 실제로 그렇게 되었다고 느끼고 상상해야 해."

"네, 그렇게 할게요. 매일 찾아와서 똑같은 말만 하시지만, 그래도 좋은 말씀 해 주셔서 얼마나 힘이 되는지 몰라요. 항상 고맙습니다, 긍정구리 님."

"사실 긍정적인 생각이 얼마나 중요하고 삶을 좋은 방향으로 변화시키는지는 누구나 다 알고 있지만, 누구도 그렇게 하지 못하는데…. 모떼 너는 이런 상황 속에서도 긍정적으로 빠르게 변해 가는 모습을 보니 정말 뿌듯하다. 하지만 아무리 좋은 영양제도 복용량을 지켜서 꾸준히 먹어야만 효과가 있는 것처럼, 긍정적인 생각이나 감사도 마찬가지야. 매일 복용량을 지켜서 꾸준히 오랜 시간 먹다 보면 네가 모르는 사이에 조금씩 효과가 나타나기 시작할 거야. 그러니 감사 일기를 쓰더라도 하루도 거르지 말고 매일 꾸준히 쓰도록 해!"

"안 그래도 감사 일기 꾸준히 쓰고 있는데, 도움이 되는 것 같아요. 고맙습니다."

“긍정의 말을 입에 달고 살면서 심각한 감사 중독자가 되어야 해. 긍정과 감사를 계속 반복해서 말하고, 종이에 적으면서 세뇌해야 해. 뇌는 신경가소성에 의해 뇌 회로를 재배열할 수 있어서 네가 원하는 모든 방향으로 자유롭게 바꿀 수 있어. 중요한 건 반복과 꾸준함이야! 꾸준히 하루도 거르지 않고, 1년만 지나도 너의 삶은 완벽하게 좋은 방향으로 바뀌어 있을 거야.”

“네! 사랑합니다. 고맙습니다. 감사합니다. 너무 좋다. 너무 행복하다. 정말 기쁘다. 모든 게 다 좋다. 이런 말들을 습관적으로 반복하면서 당장에 안 좋은 일이 생겨도 결국에 모든 일은 더 잘되려고 생긴 거라고 믿을 거예요. 왜 이렇게 되는 일이 하나도 없고, 인생이 요 모양 요 꼴이냐며 세상 탓, 남 탓을 많이 해서 제가 더 행복하지 못한 세계로 연결되어 살아가고 있었나 봐요. 생각이 모두 현실이 되는 걸 알았다면 긍정적인 태도로 멋진 꿈을 꾸며 살았을 텐데….”

"생각이 현실이 되는 게 아니라, 생각들이 무의식 속에 심어지면 그게 모두 현실이 되는 거야. 무의식에 심어 둔 생각들이 원하는 현실로 연결해 주는 고리 역할을 하니까. 무의식에 나쁜 생각이 심어져 있다면, 우주에 존재하는 셀 수 없이 많은 평행세계 중에 가장 최악의 세계와 연결되어 너의 삶이 진행될 거야. 그러니 행복을 원한다면, 오직 행복한 미래로 연결되는 생각과 말만 하도록 해."

"하지만 1년 넘게 긍정적인 말과 생각을 반복하고 감사하며 지내기는 몹시 어려워요."

"쉬운 일이면 모두가 다 실천할 수 있어서 우주에 불행한 사람이 없겠지. 오랜 시간 정성을 들여 진심으로 꾸준히 반복하며 노력해야만 얻을 수 있는 어려운 일이다 보니 누구도 하지 못하는 거야. 그리고 긍정적인 생각을 반복하는 중에도 분명 안 좋은 일과 사건들이 자주 발생할 수 있어. 하지만 모든 좋지 못한 일들 속에는 숨겨진 좋은 뜻이 있는 거니까."

긍정구리와 대화하고 있을 때, 고맙구리와 감사구리가 손을 잡고 등장해서 반갑게 인사하며 오늘은 어떤 감사를 했는지 물었어요. 그러자 모떼는 지금 자신이 느끼고 생각하고 있는 것들을 말하기 시작했어요.

"난 지금 걸을 수도 없고, 혼자선 먹을 수도 없고, 심지어 똥오줌도 혼자서 마음 편히 쌀 수가 없어요. 그동안 너무 당연한 거라 여기고 살았던 것들이 얼마나 행복하고 감사한 일인지 왜 깨닫지 못했을까요? 지극히 평범하다 못해 지루하고 따분하게 느껴지기까지 했던 일상들이 얼마나 위대한 것이었는지, 이렇게 일상이 완전히 박살이 나고 나서야 뒤늦게 깨닫게 되었어요. 그동안 내가 얼마나 가진 게 많고, 행복한 사람이었는지 조금도 인식하지 못하고 살았던 것 같아요."

"진리는 몹시 단순하지만, 우리 머릿속이 복잡해서 깨닫지 못하고 살아가다가 직접 피부로 느끼고 경험하게 되는 순간에 비로소 머릿속이 단순하게 돌아가서 하나씩 깨닫곤 해. 걷고, 먹고, 싸고, 잠자던 당연했던 일상들이 어느 순간 당연하지 않게 되는 건 모든 인간이 다 똑같이 겪게 되는 일이야.

그 누구도 노화라는 질병에서 벗어날 수 없으니까. 당연하게 가지고 있었던 것들을 하나씩 잃어 가며 비로소 세상에 당연한 건 어떤 것도 없다는 진리를 깨닫는 건, 인간이니까 어쩔 수 없는 거야. 가진 것들을 사랑해서 소중히 대하고 감사하면 항상 행복하지만, 가지지 못한 것들을 사랑하면 사랑할수록 고통과 불행 속에 살아야만 하는 법칙은 누구에게도 예외가 없어.

너는 두 다리를 잃었지만, 아직 살아서 세상을 보고 느낄 수 있고 말할 수 있어. 지금부터 네가 현재 가지고 있는 모든 것에 진심으로 감사하기 시작했다면, 앞으로 단 하루도 감사를 멈추면 안 돼. 멈추지 않는다면 남은 모든 삶이 행복해질 거고, 멈추게 되면 얼마 못 가 삶이 다시 끔찍해질지도 몰라."

모떼가 입원해 있는 동안 모떼의 악몽이 만들어 낸 괴물은 왕국의 절반 이상을 폐허로 만들어 버렸고, 많은 똥깨구리들이 다쳤어요. 관리되지 않은 왕국의 꿈열매와 꿈나무들로 인해 지구별 인간들 대부분이 꿈 없는 존재가 되었으며, 역병까지 창궐해 전 세계로 확산되기 시작했어요. 이제 똥깨구리 왕국과 꿈이 사라진 지구별의 멸망은 얼마 남지 않아 보였습니다.

감사구리, 고맙구리, 긍정구리들과 매일 함께하며 마음을 열고 그들의 모든 말을 경청하고 실천하던 모떼는 진심으로 자신에게 주어진 모든 것에 감사할 줄 아는 존재로 성장했습니다.

　똥깨구리 왕국의 첨단 과학기술로 특수 제작된 인공지능 의족을 착용하고 걸어야만 했지만, 그렇게라도 걸을 수 있다는 사실이 몹시 감사하고 행복했어요.

　의족은 모떼의 원래 다리와 모양이 완전히 똑같았고, 스스로 위험한 상황을 감지해 대처하는 등의 최첨단 기능들이 탑재되어 있었습니다.

　모떼는 버터구리가 전해 주었던 메시지가 모떼 자신이 보낸 것임을 믿게 되었고, 버터구리가 남긴 지도를 들고 깨달구리를 찾아 떠나기 위해 퇴원해서 밖으로 나왔어요.

"진정한 감사는 현재 어떤 상황이건 그 상태 그대로 행복하게 변화시킬 수 있는 놀라운 힘을 가지고 있어. 넌 네가 생각하고 있는 것보다 훨씬 더 위대한 존재야."

4. 못된 아이의 입에서 예쁜 말이 태어났어

모떼가 혼자 퇴원해서 병원 밖으로 나오자, 건너편에 몸이 아픈 도리구리가 무슨 일인지 똥물 같은 개천에 들어가서 물고기를 괴롭히고 있었어요. 다리 위에는 병원에 있는 동안 문병 한번 오지 않았던 말썽꾸러기 말꾸와 까칠한 까칠이가 보였습니다. 그들은 모떼의 부모님에 관해 알고 있는 뭔가를 숨기려는 건지 그동안 모떼에게 말 한번 걸지 않고 피해 다녔어요.

모떼는 그들이 숨기는 게 뭔지 꼭 알아내겠다 다짐하고 까칠이와 말꾸에게 천천히 걸어갔습니다.

그런데 모떼의 앞에서 갑자기 똥깨구리가 한 마리가 '윽' 하고 쓰러졌어요. 모떼가 무슨 일인지 물어보자 쓰러진 똥깨구리가 말했습니다.

"난 감성구리인데 너를 보고 갑자기 감성이 터져 버렸어."

"감성이 엄청 풍부하고 예민하신가 봐요. 이렇게까지 심하게 터져 버리다니…."

감성이 터져서 밖으로 질질 새고 있는 감성구리를 부축해 응급실로 옮겨 주는 착한 일을 하고는 다시 밖으로 나와 보니, 말꾸와 까칠이는 사라지고 보이지 않았어요. 모떼가 두리번거리고 있을 때 똥깨구리들이 하나둘씩 몰려들어 모떼의 퇴원을 뒤늦게 축하해 주었습니다.

그런데 건너편에 똥깨구리 한 마리가 서럽게 울고 있는 게 보였어요. 모떼가 걱정스러운 마음에 건너편으로 가려 하자, 개똥구리가 가지 못하게 말리며 말했습니다.

"우울구리한테 가면 안 돼! 우울구리는 모든 말과 행동을 왜곡해서 자신에게 상처받는 쪽으로 받아들이기 때문에 가까이 가면 공격 대상이 되니깐 무조건 피해야만 해."

"왜 저러는 거죠?"

"왜 그러긴. 누군가 자신의 마음을 위로하고 달래 주고, 꼭 안아 주기를 바라서 저러는 거지. 우울하기 때문에 그런 자신의 마음을 상처 주면서 공격적으로 표현할 수밖에 없는 거야."

"그럼 더 가서 달래 주어야죠!"

모떼가 다가가자, 우울구리는 슬픈 표정으로 모떼를 쳐다보았어요. 모떼는 우울구리를 아무 말 없이 한참 동안 꼭 안아 주었습니다. 모떼의 따뜻함이 우울구리에게 전달되었는지 우울구리와 모떼는 한참 동안 따뜻한 대화를 나눌 수 있었어요.

만약 모떼가 대화 중에 충고와 조언을 조금도 아끼지 않으며, 우울구리의 문제를 해결해 주기 위한 답을 찾아 주려 했다면, 서로 상처만 주고받기 바빴을 거예요. 하지만 모떼는 어떤 위로나 조언도 하지 않았고, 우울구리가 자신의 마음을 충분히 이야기할 수 있도록 우울구리의 모든 마음들에 진심으로 공감해 주었습니다. 모떼에게 충분히 공감받은 우울구리는 스스로 답을 찾아 우울함에서 벗어나 마음이 평온해져서 '평온구리'로 개명했어요. 이후 평온구리는 우울해하는 똥깨구리들을 찾아다니며, 위로하고 안아 주며 살았답니다.

진리는 언제나 단순하고
해답은 멀리 있지 않아

모떼는 퇴원을 축하하는 모두에게 감사를 전하고 헤어졌어요. 지도 한 장만 들고 깨달구리가 있는 곳을 찾아 홀로 방황하다가 시장에서 대부업체와 점집을 발견했습니다. 대부업체는 지혜를 대출해 주는 곳으로 깨달음을 얻어 더 큰 지혜로 갚아야만 하는데, 만약 깨닫지 못하면 50% 이자로 고행이 달라붙는다고 쓰여 있었습니다. 지혜를 빌려서 깨달구리를 찾을지, 아니면 점쟁이한테 물어볼지 한참 고민하던 모떼는 결국 점집으로 들어갔어요.

점괘구리가 모떼를 보자마자 말했어요.

"걱정하지 마! 다 잘될 거야! 넌 잘할 수 있어!"

"저는 아직 아무 말도 안 했는데요."

"여긴 모두 듣고 싶은 말만 들으러 오는 곳이야. 잘할 거라는 말이 듣고 싶을 줄 알고 미리 말한 거야. 나의 점괘는 네가 듣고 싶은 말이거든. 그러니 더 듣고 싶은 말이 뭔지 나에게 말해 주면, 내가 점괘를 말해 줄게!"

모떼가 지도를 꺼내 보여 주며 말했습니다.

"제가 듣고 싶은 말은 이 지도에 표시된 장소를 가는 방법이에요."

점괘구리는 몹시 신중하게 지도를 이리저리 검토해 보더니, 코끼리 안에 다양한 무언가가 혼합된 신비한 모양의 부적을 그려 침착한 표정으로 모떼에게 건네며 놀라운 답을 말해 주었어요.

"택시 타!"

모떼는 점괘구리의 경이로울 정도로 정확한 답변에 감탄하며, 역시 진리는 언제나 단순하고 해답은 멀리 있지 않다는 걸 다시금 깨닫게 되었습니다. 모떼는 한참을 곰곰이 생각하더니 점괘구리에게 말했어요.

"하지만 저는 택시비가 없어요."

"네가 땡전 한 푼 없는 거지라는 건 이미 알고 있어. 하지만 돈이 없다는 말은 이곳에서 절대 금기어야! 그런 말은 너에게 아무런 도움이 되지 않으니 영양가 풍부한 말만 가려 가며 하도록 해.

현재 돈이 정말로 있고 없고는 조금도 중요한 게 아니야! 네가 원한다면 택시를 탈 수 있어. 택시 타러 가는 길에 천천히 시장을 둘러보고 원하는 걸 찾아봐. 넌 곧 원하는 모든 것을 다 가질 수 있게 될 테니까."

"우와! 정말이요?"

"그럼, 정말이고말고! 난 몹시 용한 점괘구리니까 그냥 믿어! 혹시 돈이 조금 생기게 되더라도 절대로 '아껴야지'라는 생각은 하지 마. 돈을 아껴야겠다는 생각은 돈이 충분히 없으니까 아껴야겠다는 생각과 다름없어. 결국 돈이 없다는 말을 하는 거고, 그렇게 계속 돈이 없는 상황이 이어질 거야. 돈이 아주 조금만 있어도 그 돈으로 할 수 있는 아주 작고 사소한 것들에도 기뻐하고 감사하면, 돈은 너의 예쁜 마음에 반해서 어딜 가든 계속 너를 따라다니게 될 거야. 돈에 대한 마음이 어떤지에 따라서 돈이 너를 쫓아다니거나 너를 피한다는 걸 명심하도록 해. 넌 이곳에서 많은 돈이 필요하진 않겠지만, 그래도 돈에게 무시당하는 것보단 사랑받는 게 더 좋을 테니까!"

"네! 좋은 말씀 고맙습니다, 점괘구리 님. 제가 원하면 택시도 탈 수 있고, 돈이든 뭐든 다 가질 수 있다는 점괘구리 님의 예언만 믿고 가 볼게요!"

"근데 모떼야, 원하는 방식이 잘못되면 아무것도 가질 수 없으니 주의해! 상대방을 자신이 원하는 대로 바꾸고 싶어서 잔소리를 좀 했는데 기대했던 것과 정반대의 결과만 발생하는 이유는 듣는 상대가 부정적인 상태가 되어 버리기 때문이야. 무언가를 간절히 원하고 바라는 건 세상에 잔소리하는 것과 같아. 그래서 강렬히 원할수록 정반대의 결과만 발생하는 거지. 우리가 간절히 원하고 바랄수록, 모든 우주는 우리가 원하는 것과 정반대되는 방향으로만 창조된다는 걸 잊으면 안 돼."

"어째서 그런 거죠?"

"미래에 원하고 바라는 모든 건 현재에 없어서 가지고 싶다는 거잖아. 없다는 생각이 먼저 드니까 가지고 싶다는 생각이 뒤따르는 것뿐이야. 원하면 원할수록 없으니까 가지고 싶다는 욕망이 더 커질 뿐이지.

없다는 전제하에 무언가를 원하면, 결국 없다는 생각을 기준으로 만들어진 세상과 연결될 거야. 결국 원하면 원할수록 원하는 게 더 없는 세상에서 살게 되는 거지. 그러니까 없어서 원하는 생각을 하지 말고, 그냥 순수하게 원하기만 하도록 해! 네가 순수하게 지도에 표시된 위치까지 택시를 타고 가기를 원한다면, 돈은 아무런 문제가 안 될 거야."

"결핍 같은 부정적인 생각이 조금이라도 섞인 바람과 믿음은 내가 원하는 걸 더 멀어지게 만들 뿐이라는 말 명심하고, 이만 가볼게요! 정말 감사했습니다."

점방에 복비로 감사 3보따리 내려 두고 밖에 나오자, 앞에는 펭귄처럼 생긴 어린이가 모떼를 빤히 쳐다보고 있었습니다. 어린이에게는 말을 놔도 괜찮을 것 같다는 생각에 모떼가 반말로 먼저 인사했어요.

"안녕! 난 모떼야! 넌 펭귄구리니?"

"아니, 난 수다구리야."

"여기 있는 똥깨구리들은 죄다 수다쟁이던데 넌 말이 참 없어 보인다. 먼저 인사도 안 하고 말이야. 심지어 넌 이름도 수다구리인데 말이지."

"난 말실수가 많아서 최대한 아끼려 노력하는 중이니 말 시키지 마."

"무슨 말실수를 했길래?"

"난 아무 생각 없이 한 말인데, 듣는 아이들이 나의 의도와는 전혀 다르게 확대 해석해서 왜곡하고 오해해서 상처를 받더라고. 난 조금도 상처 줄 마음이 없었는데 말이지. 그렇게 자기 상처 입었다고 자기감정에만 몰입해서 나의 생각과 감정은 완전 무시하고 똑같이 상처를 주려 했어."

"그래서 수다 떨기 좋아하는 수다구리가 침묵구리로 진화하는 중이구나. 나에게는 무슨 말을 해도 다 괜찮으니 마음껏 수다를 떨어 보도록 해. 내가 다 들어 줄게!"

"나한테 잘해 주지 마!"

"왜?"

"네가 해 준 만큼 나도 해 줄 거라고 기대할 거 아니야. 근데 나의 반응이 너의 기대에 못 미치면 우울해진 너는 나에게 상처를 주려 할 테고, 난 영문도 모른 채 너에게 상처를 받아야만 하니까."

"난 너에게 보상을 바라고 이야기를 들어 준다는 게 아닌데…."

"아니야! 그게 누구든 무의식에는 보상받고 싶은 마음이 있을 수밖에 없어. 그래서 상대의 말과 행동에 실망해서 어떤 식으로든 복수를 하고야 만다고!"

"처음부터 뭔가를 기대하고 바라면서 해 주는 사람은 없어. 난 너를 처음 보았기 때문에 아무것도 바라지 않아. 그런 문제들은 사이가 가까우면 가까워질수록 더 자주 발생하게 되는 거야.

가까워질수록 자신을 이해하고 배려해 주길 바라면서 기대치가 높아지게 되니까."

"그 자식은 나에게 상처 주려고 작정하고 준거야!"

"너에 대한 서운함을 표현했을 건데, 네가 관심을 보이지 않으니 공격했나 보다."

"몰라! 나를 몹시 심하게 비난했어!"

"자신을 좀 더 이해하고 배려해 달라는 마음을 표현한 방식이 너를 비난하고 무시하며 공격하는 거였나 봐. 그렇게 하면 상대가 상처받아서 멀어질 뿐이라는 걸 몰랐던 거지. 그가 너를 비난하고 모욕감을 주었지만, 그러는 이유가 어쩌면 자신에게 좀 더 관심을 가져 달라는 뜻 아니었을까?"

"그런 거라면 목적에 맞게 자신의 감정 상태를 조목조목 설명하면서 원하는 것만 말하면 될 것을, 굳이 공격할 이유는 없지!"

"너한테 상처받았고, 너는 왜 그런지 몰라줬으니까! 몹시 사소한 문제에서 시작된 작은 서운함들은 그걸 표현하는 방식이 잘못돼서 결국 돌이킬 수 없는 큰 문제로 바뀌게 돼. 지구별 사람들은 자신의 입맛대로 사람들과 세상이 바뀌어 주길 바라지만, 정말 바뀌어야 하는 자신을 바꾸려고는 하지 않아. 사람은 쉽게 바뀔 수 없는데 자신이 원하는 방향으로 쉽게 바뀌기를 바라고 기대해서 매번 상처받지. 누구도 자신의 기대처럼 바뀔 수 없다는 걸 받아들이고, 그들에 대한 자신의 생각과 태도를 바꿔야 하는데 말이야. 근데 똥깨구리들도 똑같은 것 같아."

　"모떼 덕분에 참 많은 걸 배우게 되었어. 고마워!"

　"갑자기? 갑자기 고맙다고? 그만 이야기하자는 거지?"

　"응, 넌 그냥 꼰대 같아."

　"알겠어. 힘내, 수다구리야!"

수다구리가 더 이상 이야기하고 싶어 하지 않는 것 같아서 인사하고 가려는 모떼에게 수다구리가 물어보았습니다.

"근데 정말 나의 수다를 듣고 싶었어?"

"아니, 예의상 한번 던져 본 말이었어. 근데 지금은 수다구리가 수다를 떨고 싶어 하지 않으니까 무슨 말이든 다 들어 주고 싶어졌어."

이야기를 들어 주고 싶다는 모떼의 말이 진심인 걸 확인한 수다구리는 마치 방언이 터진 듯 말을 마구 쏟아 내기 시작했고, 모떼는 계속해서 고개를 끄떡이며 잘 들어 주었어요. 결국 모떼로 인해 수다구리는 마음을 열고, 잃어버린 수다를 되찾았습니다.

모떼가 수다구리의 잃어버린 수다를 되찾아 주었다는 소문은 온 시장에 순식간에 퍼져 버렸고, 가슴속에 고민을 품고 살던 수많은 똥깨구리들이 모떼에게 벌떼처럼 몰려와 온갖 종류의 다양한 고민들을 푸짐하게 늘어놓기 시작했어요.

그렇게 시장에는 모떼의 고민 상담소가 만들어졌고, 모떼를 찾아와 고민을 쏟아 내고 마음을 열게 된 똥깨구리들이 감사의 마음을 담은 도네이션 박스를 만들어서 각자 성의 표시를 하고 갔습니다. 이렇게 해서 모떼는 점괘구리의 예언대로 시장에 있는 원하는 것들을 다 가질 수 있을 만큼의 돈과 재물이 생겨 버렸어요.

하지만 모떼는 곧 떠날 거라 필요 없다며 택시비를 제외한 모든 돈을 어려운 똥깨구리들을 위해 기부했고, 모든 재물을 필요한 자들에게 나누어 주었답니다.

모떼는 이곳도, 지구별도 잠시 머물다 떠나는 건 똑같다는 생각이 들어서 지구별에 돌아가도 필요 이상의 것에 욕심내지 않겠다고 다짐했어요.

모떼는 길에서 택시를 잡아타고 지도에 나온 산 입구에서 내렸습니다. 하지만 산 입구부터는 택시가 갈 수 없어서 스스로 지도를 보고 찾아가야 했답니다. 어느 쪽으로 갈지 고민하던 모떼 앞에 똘똘구리가 지나가는 게 보이자, 깜짝 놀란 모떼가 반가워서 소리쳤어요.

"세상에 이런 우연이! 똘똘구리 님을 이런 데서 만날 줄은 상상도 못했어요!"

똘똘구리도 몹시 반가워해 줄 거란 기대와 달리, 똘똘구리는 모떼를 바라보며 진지한 표정으로 이렇게 말했어요.

"모떼야, 우주에 우연이란 존재하지 않아. 우리는 단지 우연이라는 이름으로 찾아오는 운명이란 녀석에게 질질 끌려다닐 뿐이야."

그러고는 갑자기 휙 돌더니 손을 흔들며 가던 길을 갔습니다. 모떼가 어디를 가는 건지 물어도 "미안. 난 지금 급한 일이 있어서 빨리 가 봐야 할 운명이야!"라는 쓸데없는 말을 하더니, 모떼가 붙잡으려 하자 호다닥 뛰어가기 시작했어요.

모떼는 병원에 입원해 있을 때도 문병 한번 오지 않았던 똘똘구리에게 이유를 묻기 위해 뒤쫓아 뛰어갔어요. 그러다 실수로 커다란 나뭇잎에 '쾅' 부딪혀 버렸는데, 모떼에게 부딪힌 건 나뭇잎이 아니라 용서구리였습니다.

넘어진 용서구리는 느닷없이 녹색피를 철철 흘렸어요. 그 모습을 보고도 똘똘구리는 아무 말 없이 휙 가 버렸고, 모떼가 미안해하며 어쩔 줄 모르자 넘어진 용서구리가 나뭇잎을 주워 쏟아지는 피를 막더니 일어나서 말했어요.

"너의 죄를 사하노라! 모떼야, 난 용서구리라서 괜찮으니까 걱정하지 마. 너야말로 지금 똘똘구리 때문에 상처받은 건 아닌지 걱정이다.

누군가 너에게 상처를 주고 싶어서 작정하고 주었든, 상처를 줄 생각이 조금도 없었는데 그게 너에게 상처가 될 줄 모르고 주었든 상처받은 네가 할 수 있는 최상의 선택은 언제나 용서하는 거야.

상처받은 채로 그냥 둔다면 어쩌면 평생을 상처로 인해 아파하고 고통받으며 살아가야 할 수도 있지만, 용서해 버리면 더 이상 고통받지 않아도 되니까. 쉽게 용서해 버린다고 손해가 아니야. 용서하지 않는 게 손해 막심이고, 용서하는 게 개이득이야!

용서는 한 번만 하면 되니까 참 편하고 좋지만, 용서하지 못하면 자기 자신을 끊임없이 학대하고 자해하면서 스스로 가해자가 되어 버리는 거니까.

자신이 소중하다면 분노와 미움을 모두 버리고 용서해야만 해. 네가 일부러 나를 다치게 한 게 아니라는 걸 알기 때문에 내가 널 용서하듯 너도 똘똘구리를 용서해 주길 바라.”

"네. 똘똘구리는 원래 저런 캐릭터가 아니에요. 내가 넘어진 걸 보고도 그냥 가 버린 데는 분명 뭔가 급한 사정이 있어서 그런 거예요. 그걸 알기 때문에 저는 상처받지 않았고, 용서할 것도 없어요."

"어디서 들었는데 똘똘구리가 지뢰밭에서 기다려 달라는데 네가 그 말을 무시하고 그냥 가다 큰 사고가 났다며? 그 일에 상처받아서 네가 입원해 있을 때 문병조차 가지 않았던 게 아닐까?"

"제가 상처 줬을 거라고는 생각 못 했네요. 어떤 식으로든 똘똘구리를 다시 만나서 진심으로 용서를 구해야겠어요. 암튼 저 때문에 다치셨는데도 저를 먼저 걱정하고 용서해 주셔서 정말 감사해요."

"그래, 모떼야. 오래도록 예쁜 마음 잃지 않았으면 좋겠다. 그리고 이 길 따라 쭈욱 올라가면 네가 찾고 있는 그분을 만날 수 있을 거야."

"우와! 모르는 게 없으시네요."

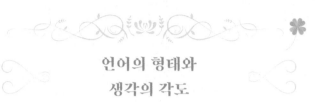

언어의 형태와
생각의 각도

모르는 게 없는 용서구리가 알려 준 길을 따라가다 보니 멀리에 명상하고 있는 똥깨구리가 보였어요. 몹시 반가운 마음에 모떼가 달려가서 말했습니다.

"혹시 깨달구리 님이신가요?"

"나는 명상구리야. 깨달구리 님은 우리가 알고 있는 우주에는 안 계셔. 하지만 저 멀리 보이는 언덕 아래로 가면 모떼 너를 위해 남겨 둔 메시지를 확인할 수 있을 거야. 가기 전에 차 한잔하며 잠시 쉬었다 가렴. 깨달구리 님에 대한 이야기를 들려줄게."

"네, 그럼 감사히 마시겠습니다."

명상구리는 깨달구리 님에 관한 긴 이야기를 시작했어요.

"깨달구리는 작은 우물 안에 살던 개구리였어. 매일 우물 안을 들여다보며 짖던 똥개 한 마리와 친구가 되었고, 우물 밖으로 나가 자신도 똥개가 되어 함께 놀고 싶었지. 우물 밖으로 벗어나기 위해 수행을 시작한 개구리는 결국 큰 깨달음을 얻고, 개구리와 똥개의 모습이 혼합된 모습으로 변할 수 있었어. 우물 밖으로 나온 개구리는 더 큰 깨달음을 얻기 위해 온 우주를 돌아다녔지. 인간의 모습으로 변해서 지구별을 여행한 적도 많아.

어느 날부턴가 개구리는 깨달은 개구리라는 뜻의 '깨달구리'라 불리며, 가는 곳마다 많은 추종자들이 생겨났어. 깨달구리를 따라 깨달음을 추구하다 깨닫게 된 개구리들은 '깨구리'라고 불렸지. 그리고 그를 따라 깨달음을 얻으려는 다양한 추종자들이 깨달구리의 모습과 닮기 위해 개구리 탈을 쓰고 수행했는데, 그들은 아직 똥만큼도 깨닫지 못했다고 해서 '깨구리' 앞에 '똥'을 붙여서 '똥깨구리'라 불렀어. 그렇게 '똥깨구리교'라는 하나의 종교가 탄생하게 된 거야.

깨달구리를 중심으로 온 우주에서 추종자들이 모여들면서 똥깨구리교는 점점 더 거대한 종교로 커져만 갔어. 그렇게 정신 나간 광신도들이 생겨났고, 종교를 이용해 권력과 이득을 취하려는 사이비들이 등장했지. 결국 광신도와 사이비가 똥깨구리교를 장악해 버렸고, 그들은 신을 팔아 세력을 확장해 가다 결국 종파 간의 분열로 전쟁이 발생했어. 깨달구리는 어떠한 욕망도 없었기에 자신의 깨달음을 널리 알리고 퍼트리고 싶은 욕망조차 없었어. 그런 자신의 뜻과 달리 종교가 만들어지고 전쟁까지 발생하자 결국 깨달구리는 아무도 모르고, 아무도 살지 않는 행성을 찾아 떠나 버렸지.

하지만 깨달구리가 있는 곳을 찾아낸 똥깨구리들이 이곳에 모여서 똥깨구리 왕국을 세웠어. 똥깨구리 왕국에는 나처럼 깨달음을 얻어 깨달구리의 모습처럼 된 깨구리들도 있지만, 대부분은 깨달음을 얻지 못해 개구리 탈을 쓰고 수행하고 있는 똥깨구리들이야. 자신이 종교화되는 걸 원치 않으셨던 깨달구리 님 때문인지, 지금의 똥깨구리교는 예전과 완전히 다른 종교가 되었어. 귀여움을 숭배하는 종교가 되었거든. 똥깨구리들은 귀여움 속에 신이 있다고 믿어. 귀여움은 외모와 상관없어.

세상에 존재하는 모든 것들은 귀여움을 품고 있고, 그 귀여움 속에는 신이 있다고 믿어. 신은 몹시 다양한 이름으로 불리지만 본질적으로 같고, 똥깨구리들은 '깨굴신'이라 불러. 어떤 종류의 귀여움을 만나든 그건 깨굴신의 모습인 거야. 귀여움의 정도가 곧 신성함의 정도지! 진정한 귀여움을 만나면 정신을 차릴 수가 없게 돼. 눈앞의 귀여움 외에 아무것도 보이지 않는 상태가 되어 버리는데, 그때 똥깨구리들은 깨굴신을 영접했다고 말해. 신의 은총을 받으며 사는 삶을 '깨꿀 빤다'라고 하는데, 대부분의 똥깨구리들은 깨굴신을 영접해 깨꿀 빨며 살기를 원하지."

　"궁금해요! 나도 똥깨구리교 사원에 가 봐야겠어요!"

　"안 돼! 사원 근처도 가지 마! 사원 안에는 인간 세계에는 존재하지 않는 상상할 수 없는 귀여움들이 가득해. 이제까지 네가 만났던 평범한 똥깨구리들을 생각하면 안 돼. 귀염구리들을 만난다면 너무너무 귀여워서 영원히 헤어 나올 수 없게 될 거야!"

　"그러니까 더 가 보고 싶네요!"

"절대 안 돼! 예전에 지구별 여자가 사원에 갔던 적이 있는데….."

"갔는데 뭐요? 어떻게 되었는지 자세히 이야기해 주세요."

"예전에 우주에 없는 극강의 귀여움을 소유한 '판도라구리'라는 아이가 태어났어. 언어로는 표현이 불가능한 귀여움을 소유했던 그 아이는 태어나자마자 신으로 추앙받으며 어린 나이에 3대 교주의 자리에 올랐지. 그의 귀여움은 한계가 없었어. 끝도 없이 더 귀여워져 갔고, 귀여움의 정도가 위험 수위를 넘어가자 판도라구리는 가면을 쓰고 누구에게도 얼굴을 보이지 않았어. 그 귀여움을 견딜 수 있는 존재는 우주에 없다고 판단했기 때문이었지. 시간이 흘러 노화가 깊어져 가면서 자연스럽게 귀여움의 수위도 낮아졌을 거라 생각한 판도라구리는 어느 날 가면을 벗고 거울을 들여다보았어. 하지만 거울 속에 비친 자신의 귀여움을 마주한 그는 충격을 받고 그 자리에서 사망해 버리고 말았지. 세월과 함께 귀여움의 정도가 더욱 위대해져 있었던 거야.

이후 쓰러진 판도라구리의 얼굴을 본 모든 자들 모두 귀여움에 정신을 잃고, 쓰러져 사망했어. 결국 눈을 가린 똥깨구리들이 와서 그게 무엇이든 영원히 상하지 않고 신선하게 보존되는 블링블링한 하트 네잎클로버로 만든 상자 안에 판도라구리를 담아 누구도 열지 못하게 했어. 똥깨구리들은 그 상자를 다시 여는 순간 큰 재앙이 닥칠 거라 믿고, 그 누구도 열지 않았어."

"지구별에서 왔다는 여자와 판도라구리가 무슨 관련이 있는 거죠?"

"우연히 포털을 통해 지구별에서 이곳에 오게 된 한 여자가 있었어. 여자는 똥깨구리교에 갔다가 귀여움에 정신을 못 차리고 광신도가 되어 버렸지. 하지만 여자는 가족이 있는 지구별로 돌아가야만 했고, 그전에 전설의 귀여움을 한 번만 보고 가고 싶었어. 결국 여자는 몰래 사원에 침입해서 누구도 열어서는 안 되는 판도라구리의 상자를 몰래 열어 버린 거야. 그러고는 눈사람으로 변해 버렸지."

"그 여자는 지금 어디 있죠?"

"눈사람이 된 여자는 지구별로 영원히 돌아갈 수 없다는 내용의 편지를 써서 가족들에게 보내 달라는 부탁을 하고는 어딘가로 사라져 버렸어. 이후에 편지를 받은 남편이 아내를 찾기 위해 이곳에 왔었고…."

"혹시 눈사람이 된 여자가 제 엄마고, 찾으러 온 남자가 제 아빠인가요?"

"그건 눈사람을 만나서 네가 직접 물어보는 게 좋겠다. 거기까진 나도 잘 모르니까."

"대체 왜 다들 저의 부모님 이야기를 숨기는 거죠?"

"숨기는 게 아닐 거야. 네가 확신을 가지고 묻기 때문에 그렇게 느끼는 거 아닐까? 이미 듣고 싶은 답을 정해 두고 하는 질문에 대한 답변이 네가 듣고 싶은 말과 다르면 문제가 생길 수 있어서, 대화가 불가능해 보이는 너의 질문에 대해선 다들 알아도 모른다며 피하는 게 최선이라고 판단한 것뿐이겠지."

"처음에 말꾸와 까칠이가 뭔가 알고 있었고 말하려 했는데, 삐딱이가 말하지 못하게 막았어요."

"그건 말꾸와 까칠이의 장난기가 워낙 심해서 어떤 이상한 말을 할지 걱정된 삐딱이가 못하게 막았던 것뿐인데, 너의 잘못된 믿음은 일단 모든 걸 의심하고 보니까 그렇게 받아들였겠지. 정말 몰라서 모른다고 말해도 네가 듣고 싶은 대답이 아니라는 이유만으로 넌 무언가를 숨기고 있다고 결론지어 버렸잖아."

"저를 확증편향에 빠진 '답정너'로 보시는 것 같아 기분이 좀 그러네요. 암튼 '깨굴신'이라면 다 알고 있겠죠? 깨달구리 님이 깨굴신 맞죠?"

"깨달구리 님은 깨굴신이 아니야. 깨달구리 님은 신과 종교를 부정했고, 그런 이유로 똥깨구리들이 깨달구리 님을 떠난 거니까."

"깨달구리 님이 깨굴신이 아니었다니…."

"신은 우주 그 자체이고, 모든 건 다 하나로 연결되어 있어. 우주에 신과 연결되지 않은 것은 어디에도 없지. 세상에는 '신' 안에 존재하면서 '신'을 찾고 있는 바보들이 너무 많아. 우리는 신에 대한 감사를 잊으면, 고통받고 불행해지지. 그래서 눈에 보이는 모든 것들은 다 신의 일부라는 사실을 깨닫고 항상 감사하며 살아야만 행복할 수 있어."

"그래도 각자가 믿는 신에게 열심히 기도하면, 소원이 이뤄지거나 기적이 일어나기도 하잖아요."

"신은 부탁을 들어주는 존재가 아니야. 신은 누군가가 예쁘다고 천국에 보내 주는 존재도 아니고, 마음에 안 든다고 지옥에 보내는 악마는 더더욱 아니야. 애초에 천국과 지옥은 어딘가 멀리 따로 있는 게 아니라 현재 자신이 존재하는 세계에 공존하고 있을 뿐이고, 우리는 현실을 살아가며 매 순간 어느 세계에 머물지를 선택할 뿐이야. 신한테 기도해서 소원이 이루어졌다면, 그건 그렇게 될 일이었으니까 그런 것뿐이야. 열심히 기도했는데 잘 안되었다면, 그 또한 그렇게 될 일이었던 것뿐이야."

"지구별에도 신이 있고, 대부분의 사람들이 신을 믿고 의지하며 살고 있어요. 종교가 전쟁을 일으키는 등 문제도 많지만, 저는 좋은 점이 더 많다고 생각해요."

"지구별도 같아. 누구도 본 적 없고, 보이지도 않는 신이 있어야만 그를 모시는 건물들이 여기저기 생겨날 수 있고, 신을 대신하는 성직자들이 존재할 수 있으니까. 그들은 종교가 단지 사업일 뿐이고, 많은 부분들이 사기라는 게 들통날까 두려워 언제나 믿음을 강조하지. 종교는 오직 믿어 주는 만큼만 남는 사업이니까."

"명상구리 님은 너무 부정적이신 것 같아요. 종교를 믿게 만들어 이득을 취하려는 게 목적인 종교인들과, 정치적인 목적으로 종교를 활용하는 자들이 많다고 해서 모든 종교를 다 사이비로 보면 안 돼요! 저는 신에 대한 믿음과 종교가 인간의 삶에 얼마나 유익한지 잘 알고 있거든요. 암튼 만나서 반가웠고요. 저는 이만 깨달구리 님의 메시지를 확인하러 가 볼게요."

"잠깐만, 모떼야! 깨달구리 님의 메시지는 이게 있어야만 확인할 수 있으니 가져가!"

명상구리는 모떼에게 작은 단추 하나를 건네주며 안경이라고 믿어 보라 말했고, 모떼가 단추를 누르며 안경이라 믿으니 정말 안경으로 변했습니다. 명상구리는 깨달음을 통해 자신에게 보이게 된 많은 것들이 다른 똥깨구리나 인간들의 눈에는 보이지 않는다며 안경에 관해 설명하기 시작했어요.

"안경은 잘 안 보이니까 쓰는 거잖아. 안경을 쓰면, 존재하지만 그동안 너의 눈에 보이지 않던 것들이 보이게 될 거야. 같은 공간 속에 존재하는 모두가 각자 다른 세상을 보며 살아가고 있어. 멍멍이는 인간의 십만 배의 후각을 가지고 있어서 인간은 맡을 수 없는 냄새를 맡고, 냄새만으로도 어디가 아프고 무슨 질병에 걸렸는지를 알아낼 수 있어. 인간의 눈에 보이지 않는 냄새가 멍멍이의 눈에는 보이는 거지. 하지만 같은 곳을 바라보고 있어도 멍멍이와 야옹이는 아무런 색도 없는 세상이 보일 뿐이고, 3가지 유형의 색소를 가진 인간의 망막은 빛을 통해 천연색의 세상을 보지만, 각자 세상을 바라보는 시각이 전혀 달라. 인간보다 많은 4개의 색소가 망막에 있는 바퀴벌레는 빨간색을 아예 볼 수 없을 뿐 아니라 빨간색 주변을 아예 지각하지 못해. 그래서 빨간 조명을 켜 두면 우리는 바퀴벌레를 볼 수 있어도 바퀴벌레는 우리를 보지 못하는 것처럼 우주에는 우리는 볼 수 없지만, 우리를 바라보고 있는 다른 존재들이 더 많아. 우리 곁에서 지켜보고 있지만, 우리는 존재조차 인식하지 못하고 있을 뿐이야."

안경을 써 보고는 놀란 표정으로 두리번거리는 모떼에게 명상 구리가 계속 말했습니다.

"너희 인간들은 바이러스가 눈에 보이지 않아도 존재하는 걸 모두가 알고 있어. 역병이 돌면, 공기 중에 떠돌아다니는 바이러스가 호흡기를 통해 몸으로 들어가는 걸 막기 위해 마스크를 끼지. 몸 안에 흉측하게 생긴 벌레들이 기어 다닐 수도 있다는 생각에 회충약도 먹는 거고. 한 번도 직접 본 적이 없더라도 다들 있다고 믿고 있어. 하지만 눈에 보이지 않는 말이나 생각에도 각기 다른 형태를 가진 생명체들이 존재한다고 하면 아무도 믿지 않아.

그들이 인간의 삶과 운명을 결정짓는 엄청나게 무시무시한 존재들인데도 말이야. 모떼 너도 지금처럼 눈으로 보지 않았다면 믿지 않았을 거야."

모떼가 몹시 흥분한 상태로 말했어요.

"너무 신기해요! 언어의 형태가 보여요! 더 신기한 건 안경을 쓴 건데 언어와 생각의 냄새까지 나고, 멀리 떨어진 곳까지 선명하게 보이는 데다 소리까지 다 들려요. 부정적인 말을 하는 아이들의 입에서 더러운 벌레들이 악취를 풍기며 나오고 있어요. 벌레들이 듣는 상대방의 영혼에 달려들어 물어뜯고 할퀴며 상처를 내고 있네요. 어떤 말은 씨와 뼈도 보이고, 피가 되고 살이 되는 말도 보여요. 고운 말을 하는 아이들의 입에서는 기분 좋은 향기와 함께 예쁜 것들이 가득 나오고 있어요. 상대방의 상처 난 곳들을 치유해 주고 있는 것 같아요."

"관계에 문제가 발생하는 이유가 대부분 말 때문인데도 자신의 문제가 뭔지를 전혀 모르는 자들이 많아.

말 한마디 잘못해서 멀어지거나 적이 될 수도 있는데, 자신이 한 말이 어떻게 생겼는지를 모르니까 아무 생각 없이 입에서 나오는 대로 내뱉게 돼."

"세상 모두가 말이 어떻게 생기고, 어떤 냄새가 나는지를 지금 나처럼 보고 맡을 수 있다면 관계에서 발생하는 많은 문제가 사라질 것 같아요."

"기쁨의 언어와 행복의 언어를 사용하는 걸 습관화하면, 보이지 않아도 아무 문제없어."

"이제 저도 예쁘게 생긴 말만 해야겠어요. 근데, 제 앞에 기어다니는 이 이상한 것들은 뭐죠?"

"저런 벌레들도 모두 누군가의 말에서 태어난 존재들인데, 적당한 숙주를 찾아 이리저리 방황하고 있는 거야. 말은 그 자체만으로 엄청난 생명력을 가지고 모든 것들을 창조해 낼 수 있어. 만약 실수로 끔찍하게 생긴 벌레를 내뱉어 버렸다 해도 이미 세상에 태어나 버린 벌레를 죽일 수는 없어.

다행인 건 벌레를 죽일 수는 없지만, 나쁜 말을 내뱉은 직후 그 말을 다시 좋은 말로 바꿔서 연달아 내뱉으면, 그들은 다른 부정적인 말을 내뱉는 숙주들을 찾아 어딘가로 멀리 가 버린다는 거야."

"나쁜 말을 할 때만 벌레들이 태어나나요?"

"예쁜 말을 할 땐 벌레같이 흉측하게 생긴 것들이 아니라 몹시 예쁜 꽃이나 천사들만 태어나지! 그리고 모떼 네가 바라는 게 있을 때는 바라는 모든 것들이 이미 다 이루어진 것처럼 말해 보도록 해. 그러면 그 말에서 태어난 아이들은 모떼 네가 원하는 걸 끌어오기 위해 창조된 아이들이기 때문에 네가 원하는 걸 가지러 갈 거야. 계속 반복해서 꾸준히 말할수록 더 많은 아이가 가서 끌어오게 되니까 더 빨리 이뤄질 수 있게 될 거고."

"근데요. 저쪽에 보이는 똥깨구리가 분명 좋은 말을 하고 있는데, 못생긴 벌레들만 나오고 있는 게 보여요. 대체 어떻게 된 거죠?"

"그건 마음에 없는 말을 하고 있기 때문이야. 입으로는 아무리 좋은 말을 하고 있어도 자신의 속과 다른 말을 내뱉으면 저런 일이 생겨. 그러니 말에는 언제나 진심을 담아서 해야만 해. 진심이 담기지 않은 말에서 태어난 것들은 전부 다 못생겼거든."

"저기 보이는 끔찍한 모양의 괴물들은 뭐죠?"

"누군가 부정적인 생각을 하게 되면 저것들이 쫓아가서 달라붙어. 영혼에 달라붙으면 영혼이 병들고, 몸에 붙으면 몸이 병들지. 저것들이 붙어 있으면 뭘 해도 다 재수 없을 거야. 지구별에 사는 옴벌레처럼 한번 붙으면 쉽게 떨어지지도 않아."

"떨어질 수도 있나요?"

"기분 좋고 행복해지면 잠깐 떨어지겠지만, 행복은 지속력이 몹시 약하니까 금방 다시 달라붙겠지."

"저쪽에 기도하는 똥깨구리들이 보여요. 근데 기도에서 태어난 아이들의 모양이 왜 이렇게 흉측하죠?"

"'어떻게 되도록 해 달라'며 자신의 욕망을 기도하고 있으니까 그러지."

"열심히 기도하면 할수록, 행복은 점점 더 멀어지겠어요."

명상구리는 모떼에게 올바른 기도를 하는 똥깨구리가 보이는 곳을 알려 주며 무슨 기도를 하는지 잘 들어 보라 했습니다.

"저는 너무 행복합니다. 저에게 이렇게나 많은 복을 주셔서 정말 감사합니다. 저의 넘치는 행복과 기쁨의 에너지를 우주에서 가져가시어 필요한 분들께 나눠 주세요. 진심으로 감사드립니다."

그의 기도에선 천사가 태어나고 있었어요.

"어디서 크게 사기를 당해도 사기꾼에게 감사하다고 말할 수 있어야만, 사기를 당한 일이 계기가 되어 더 좋은 일과 연결될 수 있을 것 같아요. 안 좋은 일을 당했다고 나쁜 생각에 빠져 있으면, 더 끔찍한 일들이 연쇄적으로 찾아올 뿐이니까요."

"안 좋은 일을 겪고 나서 부정적인 말과 생각에 몰입하면, 차원의 문을 열고 저승구리가 찾아와서 불러들인 자의 영혼을 먹어 버려. 저승구리가 영혼을 먹어치우면 살아 있어 보이지만, 살아 있지 않은 존재가 되어 버리지. 겉으로 보면 이전과 똑같아 보이지만, 진짜 모습은 이미 죽어서 다 썩어 문드러진 좀비일 뿐이거든. 저승구리에게 영혼이 먹힌 자들은 주변 모두를 공격하며 상처만 주게 돼. 모떼야, 네가 직접 경험해 보는 게 더 좋을 것 같으니 지금 안 좋은 생각과 말을 해 봐."

모떼가 나쁜 말을 내뱉자, 말과 함께 흉측한 모양의 작은 벌레가 모떼의 입에서 태어났어요. 모떼가 다시 긍정과 감사의 말을 하니 예쁘고 아름다운 것들이 입에서 태어났고, 흉측한 벌레들은 예쁜 말이 태어나자 어딘가로 도망가 버렸어요.

모떼가 안 좋은 생각을 하니 주변의 못생긴 벌레들이 하나둘씩 가까이 모여들기 시작했어요. 안 좋은 생각을 하면, 할수록 벌레들이 더 가까워졌고 명상구리가 말했습니다.

"저것들 수억 마리가 모이면 자살벌레가 만들어져. 벌레의 유혹에 끌려 자살하게 된 자들은 자신이 그토록 도망가고 싶어 하던 현실이 무한 반복되는 세계에서 살게 돼. 그냥 무한 반복이 아니라 한 번 반복될 때마다 고통과 끔찍함이 두 배씩 늘어나는 세계야. 그렇게 고통이 끝도 없이 커져만 가는 세계에 영원히 갇혀 버리는 거지."

"무간지옥보다 더 끔찍한 곳이군요."

"의식적이든 무의식적이든 부정적인 생각을 하지 않도록 늘 주의하도록 하고, 말은 빈말로 하는 말이든, 좋은 말이든, 나쁜 말이든 다 이루어지니까 항상 입단속도 잘해야 해. 입 밖으로 나온 모든 말들은 생명력을 가지고, 그 말과 일치하는 세계로 너를 끌고 가니까."

"내가 아무리 긍정적인 마음가짐으로 감사하는 삶을 살겠다고 다짐해도 내 주변에 죄다 부정적인 사람들뿐이라면 저런 벌레들이 사방에 우글우글할 것 같아요. 지구별에 다시 돌아가게 되면, 주변 사람들 모두 긍정과 감사하는 삶을 살아갈 수 있도록 내가 다 바꿀게요."

"네가 긍정적으로 살기로 마음먹었다면 너만 그렇게 살면 돼. 변하고 싶다면 너만 변해야지, 상대방도 변하길 바라지 마.
네가 진심으로 감사하는 삶을 살아가며 긍정적인 모습으로 변했다면 네가 내뿜는 에너지로 인해 너를 둘러싼 주변 사람들과 모든 환경이 알아서 변하게 되어 있으니까."

"저 혼자 감사하는 삶을 살아도, 주변 환경이 다 바뀐다고요?"

"너 때문에 버터구리가 죽고, 너는 몸이 다 망가져 버렸어. 그럼에도 불구하고 넌 감사하기를 택했고, 감사를 통해 여기까지 왔지. 그런 극단적인 상황이 주어지지 않았다면, 아마도 넌 감사하는 법을 영원히 몰랐을 거야.

하지만 이제 넌 어떤 상황 속에서도 감사하는 법을 깨닫게 되었고, 앞으로도 꾸준히 실천하며 살아갈 거야. 너의 믿음과 변화는 주변 생태계를 완전히 변화시킬 만큼 크기 때문에 분명 잘 해낼 수 있을 거라 믿어."

"가슴이 웅장해지네요. 저는 이만 깨달구리 님의 메시지를 확인하러 가 볼게요. 고맙습니다."

"길을 못 찾겠으면, 자연에게 물어봐. 마음을 열고 도움을 청하면, 도와줄 거야."

아무런 의심 없이 순수하게
믿고 원하면 다 가질 수 있어

모떼는 명상구리에게 감사의 인사를 하고, 깨달구리의 메시지를 찾으러 다시 길을 떠났어요. 안경을 쓰고 주변을 둘러보니 자연 속에 존재하는 모든 생명체가 모떼에게 말을 걸어왔습니다.

"길을 못 찾겠으면, 자연에게 물어봐. 마음을 열고 도움을 청하면, 도와줄 거야."

모떼는 자신 또한 자연의 일부일 뿐임을 깨닫고, 자연스럽게 자연과 하나가 되어 자신의 존재를 있는 그대로 받아들였어요. 그러자 우주가 전해 주는 무한한 사랑이 느껴지며, 모든 존재가 감사하게 느껴졌습니다.

언덕이 가까워지자, 모떼는 명상구리의 말대로 마음을 활짝 열고 자연에게 길을 물었어요. 꽃들이 따라오라며 큰 나무 아래로 데려다주었고, 나무는 언덕까지 함께 가 주었습니다.

언덕에 도착하자 언덕이 반갑게 인사하며, 문을 열어 자신의 안으로 들어오라 말했어요. 안에 들어가 보니 텅 비어 있는 공간에 안경을 써야만 보이는 열쇠 한 개만 둥둥 떠 있었습니다.

모떼가 열쇠를 잡으려 하는 순간 열쇠는 사라지고, 명상구리와 비슷하게 생긴 똥깨구리가 평온한 자세로 공중에 떠서 좌선하고 있는 모습으로 변했어요. 모떼가 깨달구리 님인지 묻자 자신은 깨달구리 님의 분신인 깨달구리라고 말했고, 열쇠가 바로 깨달구리 님이 남긴 메시지라고 했습니다.

깨달구리는 스스로가 깨달구리인 것처럼 말하며 이야기를 시작했어요.

"내가 우물 안에 있을 때는 우물 안의 세상이 내가 아는 우주의 전부였어. 태어났을 때부터 그곳이었고 나 외에는 아무도 없었으니까. 나는 누구고 어디서 왔는지 항상 궁금했지만, 우물 밖 세상은 상상조차 하지 못했어. 그러던 어느 날, 새로운 생명체가 나를 위에서 내려나본 거야 그때 처음으로 우물 밖큰 세상이 있을지도 모른다는 걸 알게 되었어. 그렇게 난 우물 밖 세상으로 간절히 나가 보고 싶어졌고, 오랜 수행 끝에 결국 깨달음을 얻어 우물 밖으로 나가 내 모습까지 바꿀 수 있었지.

우물 밖 넓고 거대한 세상을 처음 만났을 때의 경이로움은 말로 다 표현할 수 없었어. 하지만 얼마 못 가 또다시 의문이 생겼지. 우물 밖 세상 또한 또 다른 작은 우물이 아닐까 하는 의문이었어. 그리고 눈으로 보이지 않고, 볼 수 없지만 다른 수많은 세계가 이곳에 공존하지 않을까 하는 의문도 생겼지. 우주는 어떻게 존재하며 무엇으로 이루어져 있는지 알고 싶었어. 난 호기심이 많았고, 더 많이 배우고 싶었어. 수많은 스승을 만나 보았지만, 나의 의문은 조금도 풀리지 않았고, 결국 나 스스로 깨닫기로 결심하고 우물 밖으로 여행을 시작했지.

하지만 우물 밖으로 나가면 또 다른 우물이 기다리고 있었고, 아무리 밖으로 나가도 그 또한 또 다른 우물이었어. 어디서 뭘 하든 보이는 것만 진실이라 믿는 자들은 모두 우물 안 개구리와 같아. 다들 우물 속에 살며, 그게 전부인 줄 알고 있는 거야. 모든 우물 밖에 존재하는 진짜 세상을 만나 보기 전에는 누구도 진실을 깨닫지 못해. 너희 인간들이 관측 가능한 우주는 몹시 작은 우물에 불과할 뿐이고, 수명도 몹시 짧아. 수행을 시작하고 세상의 본질을 깨닫기 전까지 나는 내가 그동안 눈으로 보고 경험한 모든 세상이 실제가 아니었다는 걸 몰랐어. 우주는 어떠한 한계도 정해져 있지 않은 끝없는 공간으로 이루어져 있고, 모든 공간은 소립자들로 이루어져 있었어. 그 끝없는 무한한 공간을 꽉 채우고 있는 건 오직 입자들뿐이었지.

무한한 공간 속에 입자들이 자유롭게 돌아다니며, 서로 밀고 당기고 부딪히다 비슷한 것들끼리 모여서 붙게 되고 그렇게 우연히 입자들이 결합해서 행성, 산, 바다, 식물, 동물, 인간 같은 온갖 것들이 만들어지면서 눈으로 볼 수 있는 거시세계가 창조되었어. 눈으로 볼 수 없는 미시세계에서는 소립자들이 자유롭게 모든 빈 공간을 채우고 자유롭게 떠다니며 계속해서 무언가를 창조하고 있어. 내가 깨달은 건 그런 입자들을 움직여 원하는 모든 걸 창조하는 법이야. 이건 내가 우주에 유일무이한 특별한 존재여서 할 수 있었던 게 아니야. 너를 비롯한 모든 인간들도 내가 할 수 있는 걸 똑같이 할 수 있어. 인간은 생각만으로도 간단하게 입자를 움직일 수 있고, 상상하는 모든 걸 창조해 낼 수 있는 위대한 존재들이니까."

"자연 속의 모든 것들… 그러니까 산, 강, 바다도 모두 입자들이 우연히 만들어 낸 창조물이고, 동식물들과 인간도 그런 식으로 우연히 만들어진 자연의 일부일 뿐이라는 거죠?"

"맞아. 만물의 본모습은 단지 입자에 불과하고, 수명을 다한 입자들은 우주로 흩어져 버려."

"그럼, 인간의 의식을 이루고 있던 입자가 흩어졌다가 다른 몸을 구성하게 되었을 때 이전의 기억을 전생처럼 떠올리는 것도 가능할까요? 그리고 한이 맺힐 정도로 강렬한 기억이 담긴 입자가 기억 그대로의 형체로 미시세계를 떠돌다가 누군가 보게 되면, 귀신이나 유령을 보았다고 말할 것 같아요."

"인간의 육체는 유효 기간이 고작 7년밖에 안 돼. 우주에 있는 원자 중 일부가 모여 7년 정도 육체를 만들어 유지했다가 다시 우주로 흩어져 버리지만, 누구도 자신의 육체를 구성하던 원자 전체가 바뀐 것을 인식하지 못해. 입자가 재구성될 때마다 육체적 기능이 떨어지게 되니까 전보다 좀 더 노화가 진행되었을 뿐이라 생각할 뿐이지. 지난 7년간 기억을 이루고 있던 입자들이 흩어져서 우주 어딘가에 어떤 형태로 존재하게 될지는 아무도 몰라."

깨달구리는 잠시 말을 멈추고 모떼의 표정을 살피고는 입자 이야기를 계속했습니다.

"모든 입자는 중력의 영향을 받지. 중력은 질량을 가진 물질끼리 서로 끌어당기는 힘이기 때문에 감정이나 생각도 질량이 있으니 중력의 영향을 받게 돼. 중력은 우리가 부정적인 생각을 하든 긍정적인 생각을 하든 구별하지 않고, 그 생각과 일치하는 것들을 삶 속으로 끌어오는 작용을 해.

자신이 지금 끌어들이고 있는 게 무엇인지 알아차리기 위해 '마음 챙김'과 '깨어 있음'이 중요한 거야. 먼저 네가 보고 있는 이 세계는 모두 다 허상일 뿐이라는 것을 깨달아야 해. 너의 눈에 보이는 모든 건 다 실제로 존재하는 것들이 아니야. 단지 생각이 만들어 낸 미립자의 형태일 뿐이지.

모든 건 네가 있다고 믿을 때 비로소 존재할 뿐, 믿지 않으면 존재하는 건 아무것도 없어. 있다고 믿고 바라본 순간 비로소 형태를 가진 모습으로 눈에 보이게 돼. 그전까지는 존재하지만 존재하지 않는 것과 같아.

네가 너라고 인식하고 있는 너의 몸도 사실 네가 아닌 허상에 불과해. 생각은 파동을 일으켜 눈에 보이지 않는 미립자들을 움직이고, 생각이 반복될수록 더 강한 에너지가 생성돼서 너의 세상을 조금씩 창조해 가는 거야. 온 우주를 꽉 채우고 있는 미립자를 움직일 수 있게 되면, 모든 걸 다 창조할 수 있어."

"근데요. 깨달구리 님이 깨달은 게 고작 물리학이라니 충격이에요. 뭔가 엄청난 걸 기대했었는데….."

"우주의 모든 건 물리 법칙에 따라 시작되었고, 물리 법칙에 따라 진행될 뿐이니까. 그리고 난 깨달구리 님이 아니라 아무것도 모르는 깨달구리일 뿐이야. 깨달구리 님을 만나면, 아무런 기대도 하지 않는 게 좋아. 그래야만 실망할 일이 없을 테니까."

"네. 깨달구리 님 보니까 전혀 기대가 안 돼요. 깨달구리 님도 똑같은 모습에 비슷한 말을 하실 것 같네요."

"감사에 대해 깨닫고 달라진 모떼가 다시 원래 캐릭터로 돌아간 것처럼 말하는구나."

"인간은 쉽게 변하지 않아요. 그리고 깨달음은 계속 유지되는 게 아니라, 왔다 갔다 하는 거니까요."

기대가 안 된다는 말에 깨닫구리가 상처받은 것인지, 나는 이런 것도 할 수 있다는 듯 갑자기 몸의 형태를 자유자재로 바꾸며 말했어요.

"난 사실 어떤 모습도 아니야. 너의 믿음이 어떤 형체를 만들어 낼 뿐이지. 난 입자를 움직여 내 모습을 다양한 형태로 바꿀 수 있어. 너도 몸이 변할 거라 완벽하게 믿고, 실제로 신체가 변화된 것처럼 느껴 봐. 그럼, 정말 그렇게 변할 수 있어. 뇌는 놀라운 초능력들을 숨기고 있거든. 단지 그런 어마어마한 능력들을 생각으로 제한하고 있을 뿐이지. 이제부터 제한을 풀어 주도록 해! 이 세계는 너의 믿음만으로 모든 걸 변화시키고 창조할 수 있는 그런 놀라운 세계라고 믿어 봐. 너의 악몽이 괴물을 만들어 내 이 세계를 망치고 있듯, 너의 모든 일상적인 생각과 믿음이 무언갈 창조하고 만들어 가고 있어. 모든 게 단지 너의 생각과 믿음으로 만들어진 거라면, 사라지게 하거나 바꾸는 것도 다 너의 믿음으로 할 수 있는 거야."

"괴물을 없애는 것도 내 믿음에 달려 있고, 믿음에 따라 나의 몸도 사고 나기 전과 같은 상태로 돌아갈 수 있다는 건가요?"

"맞아. 모든 생각하는 존재들은 그게 뭐든 자신이 원하는 세상을 창조하고 만들어 낼 수 있고, 몸도 원하는 대로 바꾸는 게 가능해. 우리의 연약한 육체가 단백질과 지방으로 이루어진 존재라고만 생각하지 말고, 미립자로 이루어져 있다는 사실만 믿어도 육체를 원하는 대로 바꿀 수 있어.

'그런 게 정말 가능할까?'라는 약간의 의문이라도 품고 있다면, 아무것도 할 수 없어. 모든 의문과 의심을 내려 둘 수 있다면, 넌 원하는 모든 걸 다 할 수 있게 될 거야. 이렇게 간단한데 누구도 이런 걸 하지 못하는 이유는 누구도 아무런 의심 없이 순수하게 믿지 못하기 때문이야. 자신이 알고 있는 것과 다른 사실은 모두 진실이 아니며, 말이 안 된다고 믿기 때문이지. 간절히 원하고 바란다고 온 우주가 도와주는 일은 절대 생기지 않아.

원하는 걸 반복적으로 떠올리고 생각해도 그게 이루어지는 일은 없어. 생각이 현실을 만드는 게 아니야. 믿음이 현실을 만드는 거지! 믿고, 노력하는 것. 그게 전부야. 다른 건 아무것도 없어. 이제 깨달구리 님의 열쇠를 너에게 줄게.

이 열쇠는 모든 것을 열 수 있는 마법의 열쇠야. 네가 믿음을 가지고 이 열쇠를 올바르게 사용해 깨달음을 얻게 된다면, 세상 만물의 실체가 보이고, 눈에 보이는 모든 입자를 움직여 원하는 모든 걸 바꾸고 창조할 수 있게 될 거야. 그럼 즐거운 여행이 되길 바라."

깨달구리가 사라지려 하자, 모떼가 붙잡으며 말했어요.

"잠깐만요! 혹시 저의 부모님이 어디에 계신지 아세요?"

깨달구리는 모떼의 질문에 "넌 꿈강아지를 만나게 될 거야."라고 말하고는 열쇠로 변해 버렸어요. 모떼는 열쇠를 가지고, 괴물을 만나러 떠났습니다.

마음을 열고, 감사의 파동을
푸짐하게 담았더니

모떼는 괴물이 폐허로 만들어 버린 마을에 도착했어요. 음산한 기운이 가득한 마을 어딘가에서 괴물의 '으르렁으르렁' 하는 소리가 들려왔습니다.

시커먼 괴물은 모떼가 안경을 쓰려는 순간 갑자기 나타나서 달려들었지만, 다행히 모떼의 의족에 내장된 최첨단 위험 감지 센서와 자동 대처 시스템이 작동되어 괴물을 피할 수 있었어요.

괴물은 모떼가 안경을 쓸 약간의 틈도 주지 않고, 끊임없이 모떼에게 달려들었습니다. 하지만 의족의 놀라운 점프 능력 덕분에 괴물은 모떼 근처에도 가지 못했어요. 한참을 그렇게 달려들다 괴물도 조금 지쳤는지 가만히 서서 으르렁거리며 모떼를 바라만 보았습니다.

그때 모떼가 안경을 쓰고 차분하게 괴물을 바라보니 시커먼 괴물이 아니라 새하얗고 착한 멍멍이로 보였어요. 멍멍이를 바라보며 깨달구리가 준 열쇠를 꺼내 들자, 멍멍이의 가슴에 열쇠 구멍 모양의 빛이 새어 나왔습니다.

모떼는 용기를 내서 천천히 멍멍이에게 다가갔어요. 멍멍이는 으르렁거리다가 모떼가 가까이 다가오니 괴성을 지르며 모떼에게 달려들었고, 모떼는 그 순간을 놓치지 않고 멍멍이의 가슴에 열쇠를 꽂아서 돌렸어요.

마음을 열고, 감사의 파동을 푸짐하게 담았더니 • 217

그 순간 멍멍이는 마치 일시 정지 장면처럼 그 자리에 멈추어
버렸고, 멍멍이의 마음이 활짝 열렸습니다. 모떼는 열려 있는 멍
멍이의 마음 안에 감사와 사랑의 파동을 푸짐하게 꽉꽉 채워 넣
었어요. 그러자 멍멍이가 환하게 웃으며 모떼의 품에 달려들어
꼬옥 안겼습니다.

그 순간 모떼의 눈에는 모든 것들이 입자로 보였고, 괴물이 파괴했던 마을의 모든 부분은 물론 자신의 모습까지도 입자 형태로 보였어요. 모떼는 입자를 자기 생각대로 움직여 파괴되기 전의 원래 모습으로 마을의 형태를 바꾸고, 자신의 모습도 사고 나기 전의 모습으로 바꾸어 버렸습니다. 안경을 벗고 둘러보아도 파괴된 마을과 괴물의 모습은 어디에도 보이지 않았어요.

그렇게 똥깨구리 왕국에는 평화가 찾아왔습니다. 왕국에선 큰 축제가 열렸고, 전국 각지의 모든 똥깨구리들이 한자리에 모여 모떼에게 고마움을 표현했어요. 축제에 찾아온 삐딱이에게 모떼가 말했습니다.

"폭발 사고가 나야만 했던 이유를 알았어요. 제가 사고로 다리를 잃지 않았다면 최첨단 인공지능 의족이 없었으니 괴물에게 바로 물려 죽어 버렸을 거예요. 안경으로 괴물의 본질을 보고, 열쇠로 마음을 열어 감사 파동으로 괴물을 착한 멍멍이로 바꾸어 버렸죠. 깨닫구리 님을 만나지 못했다면 입자를 움직여 파괴된 마을들을 원래대로 돌려놓는 일도, 제 모습을 사고 전으로 바꾸는 일도 하지 못했겠죠.

저에게 사고가 없었다면, 이런 능력들을 하나도 가질 수 없었을 거예요. 최악이라 생각했던 모든 순간들이 모여 지금의 놀라운 능력을 가진 저를 완성했어요."

삐딱이는 모떼에게 작고 귀여운 상자를 건네며 말했어요.

"넌 그보다 더 큰 능력을 가질 자격이 있어! 인간은 힘을 가지면 본성이 드러나거든. 넌 살짝 못돼 보이지만 큰 힘을 가질수록 선한 본성이 드러나는 착하고 예쁜 아이야. 본성이 악한 인간은 겉으로 아무리 선해 보여도 힘이나 권력을 가지면 곧바로 사악한 본성이 드러나지만, 너처럼 본성이 선한 인간은 큰 힘을 가질수록 더욱 더 착해질 뿐이야. 암튼 정말 잘했어! 모떼야, 이거 받아. 모떼가 아니었으면 똥깨구리 왕국과 꿈이 사라진 지구별이 멸망했을 거야. 고마워!"

"근데 이게 뭐죠?"

"버터구리가 너에게 주려 했던 꿈반지야. 왕국 최고의 꿈장인들과 함께 고치면서 꿈의 세계의 주인이 되는 자각몽 기능과 예쁜 꿈을 모떼에게 선물하고 싶은 우리의 사랑까지 담았어. 꿈반지를 끼고 잠들면 악몽을 꾸는 일도, 악몽 속 괴물이 이곳에서 다시 깨어날 일도 없을 테니 안심하고 꿀잠 자도록 해. 반지를 끼고 깨어 있는 동안에는 세상을 아름답게 변화시킬 예쁜 꿈을 꾸게 해 줄 거야."

"정말 고마워요. 자나 깨나 항상 예쁜 꿈만 꾸는 모떼가 될게요."

모떼가 반지를 끼니 예쁜 꿈을 선물해 주고 싶어 했던 버터구리의 간절함과 똥깨구리들의 사랑이 느껴졌습니다.

자신의 악몽 속 흉악하고 시커먼 괴물을 착하고 새하얀 멍멍이로 바꿔서 똥깨구리 왕국을 구한 모떼는 무사히 지구별에 도착해 반지를 끼고 잠을 청했어요.

모떼의 의식이 현실 세계를 벗어나 자각몽의 세계에 접어들자, 꿈나라에서만 볼 수 있다는 전설의 꿈강아지가 다른 멍멍이 친구들과 함께 선물 상자를 들고 와서 꿈나라에 온 걸 환영해 주었습니다.

꿈만 꾸면 항상 등장했던 괴물은 어디에도 보이지 않았어요. 꿈강아지의 선물 상자를 열자, 모떼의 엄마와 아빠가 나와서 모떼를 꼬옥 끌어안아 주었습니다. 모떼는 엄마와 아빠에게 무슨 일이 있었는지 다 듣게 되었어요.

그날 밤 모떼는 엄마·아빠와 오랜 시간 대화하며 모든 오해를 풀고, 진심으로 용서할 수 있었습니다. 멀리서 버터구리가 모든 걸 지켜보고 있는 걸 발견하고는 버터구리에게 다가가 꼬옥 끌어 안아 주었답니다.

덩치 큰 버터구리의 품이 한없이 포근하고 따뜻했어요. 모떼에게 안긴 버터구리는 환하게 웃었지만, 눈에서는 눈물이 흘러내리고 있었습니다. 모떼도 미안함에 눈물을 흘리며 말했어요.

"폭발 때 버터구리 님이 저를 온몸으로 끌어안아 희생해 주신 덕분에 제가 살았어요. 제 목숨까지 구해 주셨는데 버터구리 님이 살아 계실 때 저는 한없이 못되게 대하기만 했어요. 정말 미안해요."

버터구리가 모떼의 눈물을 닦아 주며 말했습니다.

"앞으로도 계속 너를 사랑했거나 네가 사랑했던 존재들이 하나둘씩 너의 곁을 떠나게 될 거야. 살아 있는 모든 존재들이 자신이 살던 세계를 언젠가 완전히 떠나야만 하는 건 미리 정해진 일이니까. 그럴 때마다 이렇게 울거나 슬퍼할 필요 없어. 그들 모두 우주를 떠돌다 잠시 머물던 행성에서 때가 되어 다른 곳으로 이동한 것뿐이야. 모떼가 할 수 있는 건 지금 가까이 있는 모든 존재들의 소중함을 깨닫고 그들과 같은 세계에 머물고 있을 때 더 잘해 주는 것뿐이야."

"저는 어린 시절부터 결핍이 심해서 사랑과 관심을 받으려고만 했고, 그런 이유로 항상 관계에 문제가 생겼어요. 하지만 이제부턴 받으려고만 하지 않고, 사랑을 주려고 노력할 거예요. 꿈을 잃어버린 모두에게 예쁜 꿈을 선물하며 사는 게 제 꿈이에요."

버터구리가 반지를 내밀며 말했어요.

"그럴 줄 알고, 여기서 모떼를 기다리며 꿈 공유반지를 만들었어. 꿈반지를 끼고 여기 오면, 꿈속의 모든 걸 현실로 가지고 돌아갈 수 있으니 받아 줘. 꿈 밖으로 이 반지를 가지고 나가서 꿈속으로 초대하고 싶은 사람에게 꿈 공유반지를 끼워 주면 돼. 그럼 그는 모떼가 지배하는 꿈속으로 들어올 거야. 꿈을 어떻게 설계하는지에 따라 그의 무의식을 원하는 대로 바꿔 줄 수 있어.

모떼가 예쁜 꿈을 무의식에 심어 주면, 꿈에서 깨어난 그는 현실 속에서 예쁜 꿈을 꾸며 행복하게 살게 될 거야. 지치고 힘든, 고통받는 모두에게 예쁜 꿈을 선물하길 바라."

"제 꿈까지 미리 알고 이런 걸 만들어 주시다니…. 정말 저에 대해 모르는 게 하나도 없나 봐요."

"내가 어떻게 다 알겠어. 난 모떼가 누구에게 어떤 꿈을 어떻게 주었는지 매일같이 궁금할 거야."

"궁금해하지 않아도 돼요. 이곳에서 제 꿈이 이뤄지는 걸 도와주시면 되니까요! 제가 꿈을 선물하고 싶은 사람을 여기로 데려오면, 버터구리 님이 꿈의 설계와 진행을 맡아서 도와주시면 되잖아요."

"사랑해, 모떼야. 정말 고마워."

"버터구리 님에게 항상 받기만 했어요. 제가 버터구리 님에게 해 줄 수 있는 건 없을까요?"

"있어! 나보다 더 많이 모떼를 아끼고 사랑해 주면 돼."

"그렇게 할게요. 앞으로 살아가면서 아무리 끔찍한 일을 겪게 되더라도 세상 누구보다 더 나 자신을 아끼고 사랑해 줄게요."

마음을 열고, 감사의 파동을 푸짐하게 담았더니 • 227

우주에서 가장 예쁜 꿈을
너에게 선물할게

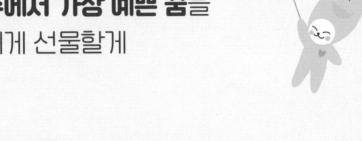

꿈이 있으면 좋겠지만, 꿈이 없어도 괜찮아.

살면서 무언가를 꼭 이루어야 하는 건 아니니까.

그냥 매 순간 최선을 다해 열심히 살면 돼.

지금 충분히 행복하다면, 더 이상 무언가를 이루거나 꿈꿀 필요가 없어.

그러니까 너무 애쓰지 마.

삶은 몹시 짧고, 허무할 뿐이니까.

만약 꿈을 가지고 싶다면,

꿈을 찾지 말고 꿈이 널 찾아오게 만들어.

이것저것 열심히 시도하고 다양한 경험을 하다 보면,

꿈이 알아서 널 찾아갈 거야.

넌 그냥 삶의 다양한 부분들을 만나면서 기다리면 돼.

그러다 어느 날 꿈이 널 찾아오면,
적당히 노력하면 돼. 그걸로 충분해.
꼭 이뤄야만 하는 건 아니니까.

꿈은 단지 행복을 위해서 필요한 것뿐이야.
꿈 때문에 힘들어졌다면, 그건 꿈이라고 할 수 없어.
너를 더 행복하게 해 줘야만 꿈이라고 말할 수 있는 거니까.

당연하다 생각되는 모든 것들에 감사하며 살아간다면,
우주에서 가장 예쁜 꿈을 너에게 선물할게.
이루어지면 모두가 행복해지는 그런 꿈 말이야.

Motte

_ PS

꿈이 찾아왔는데 조금도 노력하지 않는다면, 그 꿈이 너의 진짜 꿈이 아니기 때문이야. 진짜 너의 꿈이라면, 모두가 하지 못하게 말려도 스스로 최선을 다해 노력하게 될 거야. 그렇게 노력했지만 이루어지지 않아서 불행하다면, 그 또한 꿈이라고 할 수 없어. 꿈은 이루기 위해 계속 노력하며 성장해 가는 과정 속에 만족과 행복감을 느끼기 위해 필요한 것일 뿐이니까. 반드시 이뤄야만 행복한 건 욕심일 뿐, 꿈이라고 말할 수 없어. 중요한 건 언제나 지금 너의 행복이라는 걸 잊지 마.

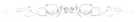

이 책을 후원해 주신 고마운 분들

이단 · 동글뱅이 · 닻별 · CHS · 연수zzang · 강민주

진태순 · 오로나 · G.Dragon · 강금순 · 하령아빠 박성완

지영 · Lara Gwok · 은곰 · 장은영 · 황주영 · 장준재

임연진 · 사고뭉치 신미진 · 편안속에 예은 · 이재명

정초아 · cinderella · 구수경 · 불꽃남자 방봉태

방랑드루 최현 · 심재은 · 정지현 · 차진우 · 김지안 · 수기

자강 · 이기선 .백다현 · 전진 · 이규리 · 이건실 · 김정현

뿡뿡이 · 사꿀라모꼬네 · 사레가 · 김지웅 · 박서준

김왕미 · 김시훈 · 장원영 · 김여현 · 별사랑 · 숙희 · 수현

이정인 · 한다희 · Lucid Ann · Heo Woonjung · 정수미

궉기덕 · 이순향 · 정순 · 주스씨 · 김제니 · 정희원

배홍진 · 전희봉 · 금강 김헌주 · Tushgee · 더로터스

양미화 · 범없시 정치상 · 애니G · K3 김찬유

뻐리 오은주 · 단군 강기훈 · 황대영 · SSEONG YERM

유인영 · 사랑퐁퐁이 고은지 · 미돌이 · 고냥 고냥이 김예지

은 유혈 황효은 · 오하나 · 오은주 · 안귀선 · 안다로미

우유빛깔 김동귀 · 잘생겼다 김정인 · 리홍 · 이서우

한기형 · 김지안 · 이경숙 · 김태섭 · 이규리

책 속에 꿈담기 후원자분들이 남긴 가족, 친구, 자기 자신에게 하고 싶은 말

Weep not for the past Fear not for the future. _ 달려라 삐삐

나는 위대한 관찰자이자 창조자이다. _ 안다로미

"인간과 약의 뿌리는 다르지 않으니 다 같이 색소의 합성물이며 살아서나 죽어서나 함께 있으니, 살아서는 지상에 죽어서는 공간에 있게된다." _ 자강

당신의 앞날이 항상 창창한 꽃길이 되길... _ SSEONG YERM

철없던 나를 부끄러워할 시간이 없어. 그냥 지금을 사랑해 _ Lucid Ann

"괜찮다 다 괜찮다. 마음의 부자가 되자."
_ 우주에서 가장 예쁜 내딸 세영이를 진심으로 많이 아끼고 사랑하는 엄마 임연진

행복한 삶, 건강한 삶, 하고싶은 모든 것을 하는 삶을 살자! _ 이단

사랑하는 김시훈씨! 앞으로 이루어 갈 아름다운 성공과 행복을 축복합니다. 이 책이 행운을 선물할 거에요~♥ _ 김왕미

차서윤, 차성현 꿈을 갖고 창의롭고 건강하게 자라렴~^^_아빠

사랑스런아들~ 우리 수혁이~~ 아빠, 엄마는 항상 우리 수혁이의 꿈을 응원한단다~ 지금 처럼 건강하고 밝은 모습으로 성장하길 바라며~ 사랑한다 아들~♡♡ _ 수기

엄마, 아빠 딸이어서 감사하고 행복합니다. 오래오래 건강하세요. _ 예쁜딸 애니

세상에서 제일 멋진서우야 건강하고행복하게 서우만의 아름다운 이야기를 만들어가라.
_ 사랑하는 할머니와 할어버지

우리 영원히 함께 행복하자! 미칠 듯 사랑하는 나의 소중한 남편 김정현에게. _ 마누라

"난 행복하고 다 잘 될꺼야" _ 황효은

사랑하는 기선씨 덕분에 매일매일 행복해요. 내곁에 있어줘서 고마워요. _ 남편

다 잘될거야! 내가 바라는 모든 꿈이 다 이루어질거라 믿어. 내가 나여서 감사해. _ 다겸

찬란한 햇살 같은 2021년을 잘 마무리하고 다가올 2022년을 힘차게 맞이하자, 넌 충분히
잘 해낼 수 있어 응원할게! _ 동글뱅이

아무것도 걱정하지마! 다 잘될거니까! 우리 예쁜 미진이가 건강하고 행복하기를 내가 항상 기
도할게. 영원히 사랑해~ _ 니꺼

예지씨! 난 5년 후에 내집마련! 넌 취업성공! 14학번 친구들! 하는 일들 잘 하고 아프지말고 건
강하자! _연수zzang

지금까지 나쁜마음 안먹고 살아온거 잘했고 앞으로도 착하게 살도록 노력하면 꼭 복이 올거
야 그동안 고생했고, 이제 잘될일만 남았으니 돈길만 걷자!! 하고싶은거 다 하는 그날까지 아
자아자! _ 김지안

은지는 사랑 자체 행복 자체야. 뭐가 되든 행복을 펼칠 은지를 늘 응원해. 사랑해 고마워 _고은지

나는 우주에서 내가 가장 소중해! 나를 가장 아끼고 사랑하는 내가 항상 건강하고
행복하기를 바래. _ 미돌이

하나뿐인 나의 소중한 아들 정인아! 어디서 뭘하든 항상 감사하는 마음으로 살거라.
아빠가 많이 사랑하는거 알지? _ 김동귀

multifunction 곧 초대박 터짐! _ 장은영

당신의 꿈을 응원합니다. _전희봉

부자되길 바란다. _ 케이쓰리